巴金译文集

狱中记

[美] 柏克曼 著

巴金 译

浙江出版联合集团

浙江文艺出版社

亚历山大·柏克曼（1870—1936）

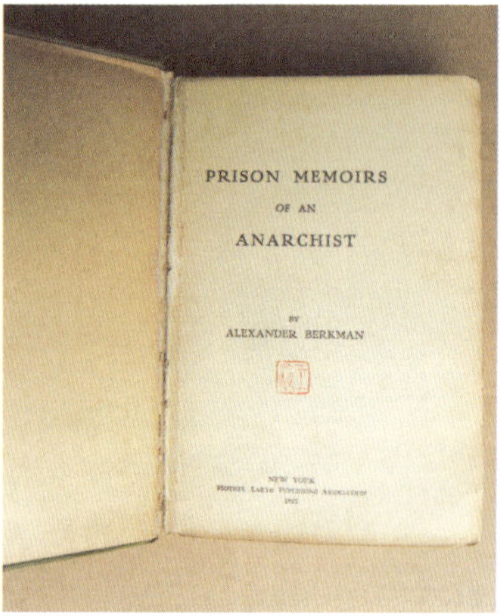

巴金藏柏克曼《狱中记》英文版书影

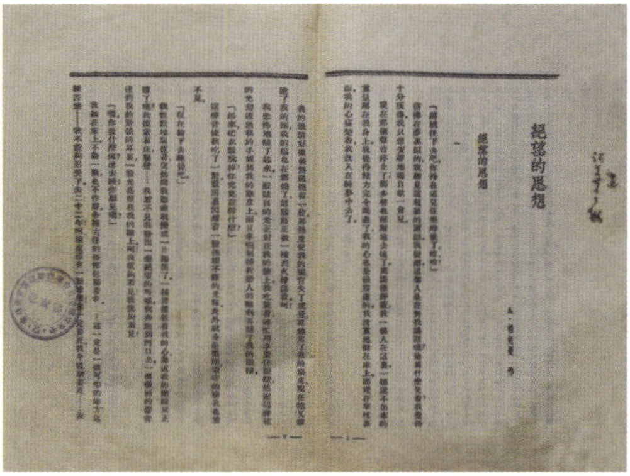

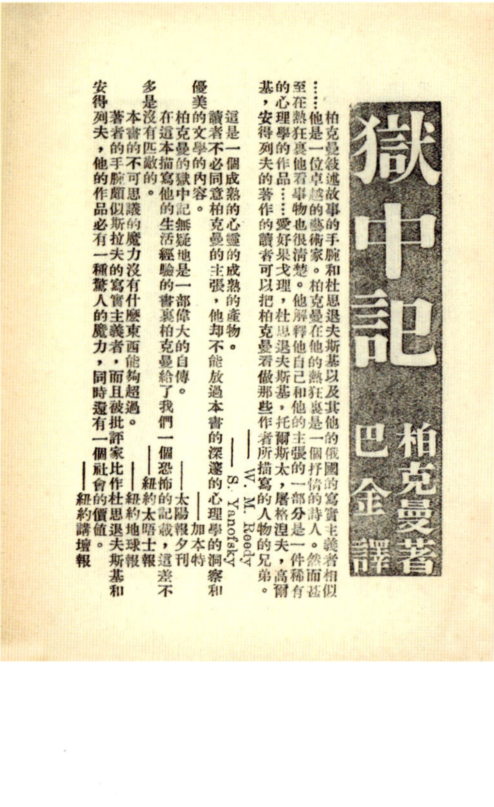

上图：巴金保存的《狱中记》校样

下图：《狱中记》中译本广告

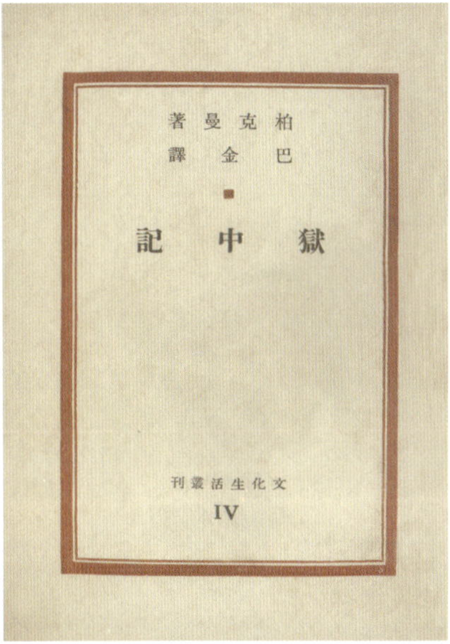

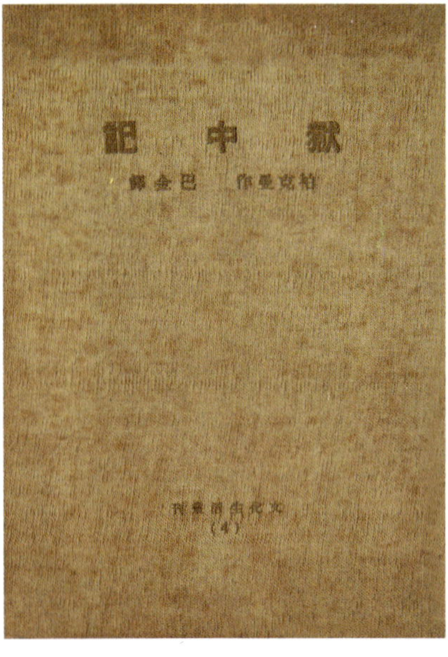

《狱中记》中译本书影

上海虹口公寓住了半个月，编译了这个节本《狱中记》。我很喜欢他的文章，可惜他所写的美国监狱生活，我译起来相当吃力，因此，介绍全译本的计划无法实现，我感到遗憾。”

本书一九三五年九月由上海文化生活出版社初版，现根据巴金生前亲自校订的最后版本排印，用词、标点等均保持此版本原貌。

巴金故居

二〇一八年十一月

目　次

序

我听说亚历山大·柏克曼的《狱中记》（初版一九一二年在美国发行）的英国版快要刊行，心里非常欢喜；而且我很高兴为英国的读者写下这一篇短短的序言。我有这本书已经不只十年了，我觉得它富于兴味和暗示。我的确时时重读它。那些被关在美国监狱（自然在全世界所有监狱里都是一样）里的囚人所身受的种种苦楚，以及希望与渴望的不断需求而因此横遭摧残（这里面包括着使囚犯永沉沦于一种卑贱绝望的心境的事实），这一切在这书里都被绘成了一幅最生动的图画。同时这书还使人明白人类心灵（它的求爱的活动决不能够被压止）是永远以一种创造的活动的方式向外发展的。这书里还有一些浮雕，描绘着甚至在最绝望，最惨苦的情形里友情也如何可以存在，并且正在形成而维持下去。

读者不必同意柏克曼的主张，也不必赞成那个给他招来二十一年监禁罪的行动。然而读者却不能够放过这本书的深邃的心理学的洞察和优美的文学的内容。

我祝这新版取得盛大的成功和热诚的接待。

爱德华·加本特

第一篇

觉醒及其结果

出版说明

巴金说："我平常最爱看一般人不看的书，因此我也爱译一般人不愿译的书。"《狱中记》应当属于此类。作者亚历山大·柏克曼是著名的安那其主义者，巴金早年曾与他有过交往，他的重要经历在这本《狱中记》中有详细的描述。翻译这样的书，对于巴金来说，不仅仅是思想上的原因，而且，还能让他感受到一个纯洁的心灵在复杂的社会环境中的养成，能够感受到人类的基本精神价值的护持。巴金曾赞扬道:“十四年的监狱生活都不能改变他的信仰，却反而使他写出叫远在英国的老加本特也惊叹赞扬的‘人类心灵之记录’了。”“人类心灵之记录”便是这本《狱中记》。

然而，写这样一本书，作者揭开的是自己的痛苦记忆。他的恋人高德曼曾记述他写作的情景:“每天他不是坐在书桌前面眼睁睁地呆望着空虚，就是狂热地动着笔，仿佛被什么冤鬼驱使着一般。他时时想把他写好的东西毁掉，我必须和他挣扎许久才能够把稿子保存下来……接着又有一些时候他会逃进树林里面去，怕和人间接触，他躲开我，而且特别躲开他自己和那些在他的笔下活起来的鬼魂。我不知费了若干的苦心才找到适当的方法和适当的话语来抚慰他的受迫害的灵魂。”

巴金翻译的《狱中记》是节译本，最初翻译是一九三五年旅居日本时，当年回国后，“我在

第一篇

觉醒及其结果

和姆司德的召唤

一

那一天的事情还清清楚楚地刻印在我的脑里。那是一八九二年七月六日。我和朋友费加两人静静地坐在我们的小小住家的后房里，爱玛突然走了进来。她平日惯有的急速而有力的脚步这时候听来是异乎寻常地坚决。我掉头去望她，她眼里的奇特的光辉和她脸上的兴奋的颜色使我大吃一惊。

“你们读过没有？”她挥舞着一份半打开的报纸，大声叫起来。

“什么事情？”

“和姆司德。罢工工人挨了枪。‘品克顿’[①]杀死了妇人和小孩。”

她带了焦急而断续的调子说话。她的话语就像是一只受伤的野兽的号叫，她那音乐般的声音里掺杂了一种严肃的苦涩味，这是由绝望的痛楚而起的。

我从她的手里拿过报纸来。我读着关于这次激烈的斗争（和姆司德的罢工潮，或者说得更正确一点，是全体工人的开除事件）的如火如荼的记载，我的激动不停地增加着。报纸上详细地揭发了卡内基公司破坏钢铁工人联合会的阴谋。为了这个目的，公司就选了素来异常仇视劳工的福利克做总理。他一面故意和联合会继续着友好的交涉，一面却暗地里作战争的准备：譬如修理和姆司德炼钢厂，筑起一道板墙，上面架着铁丝网，中间留着射击时用的枪洞；又雇了一队“品克顿”匪徒。他在黑夜里偷偷把这群人运进了和姆

---

① 资本家在工人罢工期内雇用流氓来殴打工人或做破坏罢工运动，那种人就叫“品克顿”。

司德。最后可怕的屠杀就发生了。

我把报纸递给费加。爱玛望着我。我们默默地坐着，每个人都沉溺在自己的思索里。我们只偶尔交谈了一两句话，或者一瞥探寻的，含有深意的眼光。

二

火车里又热又闷。空气中充满着烟草的臭味，变得很难堪了。我旁边几个打牌的乘客的吵闹的谈话更引起了我的气恼。我便掉过身子去看窗外。一股香气迎面扑来，这里面满含着新割草秣的香味，使我的头脑清醒起来而且又有精神了。绿的树木和黄的田畴远远地旋转着，转得近了，更近了，于是一下就跑了过去，不见了，接着又是另一些旋转着的田和树。田野在清晨的阳光中看起来很年轻又很动人。然而我的思想却依旧在和姆司德上面打转。

大战爆发了。自有历史以来美国工人从没有打过这样一个有意义的胜仗。和姆司德的工人居然用武器逼着那三百个“品克顿”侵入者投降，十分屈辱地投降，在他们那方面这是一个何等可耻的败仗！……

钢铁工人并不是发动战争的人。他们顺从地过着劳动和受苦的生活。从他们的血肉中生长出来这巨大的钢铁工业，所谓大卡内基公司就是靠着他们的血养肥的。然而他们依旧安心忍耐地等待着公司来实践增加工资分给花红的约束。但是忽然晴天起了一个霹雳，打击来了，公司减少了他们的工资。……公司知道工人们决不肯承认这个条例，却故意提出来向钢铁工人联合会挑战，一面就进行战争的准备，打算用铁蹄来踏碎工人的团体……

钢铁工人联合会提议把新的工资标准来仔细考量一下，却被公司轻蔑地拒绝了：没有考量的余地，工人必须无条件地服从。工会必须消灭。卡内基公司特别选出那残忍的亨利·福利克来实行这个计划。

永久的屈服是不可能的。和姆司德的人竖起了叛逆的旗帜。于是福利克下手了。战争继续着。愤怒扫荡了全国。全美国的人都攻击卡内基公司的残暴手段，而福利克的暴行更为一般人所咒骂。

我再不能够抱着冷漠的态度了。是时候急迫了。他们觉醒了。然而他们只是盲目地反抗着……我应该给他们指出那条完全解放的道路。

我的日子里充满了焦虑。“劳工们，醒来，”这激励的呼声会点起他们心中的火焰，鼓舞他们做出崇高的行为……我的计划遇到了许多阻碍，使我非常生气。每一步都有意想不到的困难来妨碍我。我写了传单，到处设法找一个人把它翻译成浅显的英文，也不成功。我的朋友劝阻我说，散布激烈的传单会有危险。我烦躁地和他辩驳着。然而无论怎样说都没有用。那宝贵的时机就这样地浪费了，而新的困难又在前面拦着路。我激昂地跑到一家一家的印刷店去哀求。没有一家店铺敢印这张传单。时间飞驰过去了。突然就来了“品克顿”屠杀的消息。这使得全世界震惊了。

话语的时期过去了。全美国的工人响应着和姆司德人的挑战。钢铁工人勇敢地起来自卫：“品克顿”的凶手被驱逐出城了。然而财神的牺牲者的血在莫嫩加赫拉河岸上高声叫着。它叫得很响亮。这是人民的叫声。呀，人民！那伟大的，神秘的，然而又是如此真实，如此亲近的人民……

在心里我看见自己回到那小小的大学城里，在那一群从圣彼得堡回来过暑假的大学生中间。我们身上仿佛笼罩着一种奇异的、含糊的、我们所称为“虚无主义”的光辉。奔驰的火车、和姆司德、我在美国度过的五年的生活，这一切都变成一阵烟雾，很模糊，就像隔了几个世纪一般。我如今又坐在优秀的知识分子中间，尊敬地倾听着他们热烈地讨论那些还不很了解的崇高题目，时时嚷出来“巴扎洛夫”“黑格尔”“自由”“车尔尼雪夫斯基”“到民间去”一类的常用字眼。到民间去！到那美丽、朴实的人民中间去，那人民，不管他们受过许多世纪的残暴的苦痛，到如今还依旧是如此地崇高！在热烈争辩的意见和艰深晦涩的语句中这些字眼却像喇叭一般在我的耳边宏亮地回响。人民！我知道一点希腊的神话，因此时常把人民想象为背负世界的巨人亚特拉斯，他把地球放在他的两肩上，背弯曲着，脸上表现着说不出的痛苦，眼睛里露出来绝望的苦恼。和沉默的、可怜的、求助的表情。呵！我真愿意帮助这绝望的受罪的巨人来减轻他的重负！道路是艰难的，又没有确定的手段，然而在大学生的热辩里这些字句却很清晰的响亮着：到民间去，做人民中间的一分子，分享他们的欢乐和愁苦，这样你就有机会感化他们。不错，解决的方法就在这里！然而从阿德沙来的红发的米霞怎么说呢："到民间去，自然是很好，但是勇敢的实行的人，拉黑麦托夫一类的人，却以个人的反抗行为来——"

"票子，票子！"一只沉重的手压在我的肩上。我努力定了定神，才明白我是在什么样的环境里面。那几个打牌的乘客愤慨地说着气话。查票员用敏捷的手腕把桌板取下来挟在腋下安静地走开了。一些人大声笑起来。打牌的乘客们起初还在吵闹，后来受了别的乘客的责骂也就安静下来。火车里暂时变得静寂了。……

火车头的叫声突然把我惊醒了。我的第一个念头便是去摸我的皮包，阿利根尼的同志们的住址就放在这里面，这是很重要的东西。所以我在打瞌睡的时候也努力记着它。现在皮包不见了！起初的一会儿我简直惊骇得不知所措。倘使皮包失去了，又怎么办呢？忽然我的脚挨到了一件柔软的东西。我把它拾起来，看见里面的东西丝毫未失，才如释重负地放了心。这里面有的不过是一些宝贵的住址、一张报纸上剪下来的福利克的小照，和一张一元美金的钞票。虽然就只有这微小的数目，但并不因此减少我找回皮包时的高兴。这一块钱可以使我在旅馆里开一个房间过一夜，在第二天早晨我便去找诺尔德或包尔。他们会给我找个地方住一两天。"我在那边不会久住的，"我想着，不觉暗暗微笑了。

我们逼近华盛顿、哥伦比亚郡了。火车要在那里停六个钟头。我咒骂这种耽搁，我怕这时候在匹兹堡或和姆司德会发生什么事情。而且趁着公众的感情正被卡内基公司的凶残和福利克的暴行激动起来的时候，我应该赶快来施下那有效的一击，一分钟时间也不能耽搁。

然而我一走出火车就看见一幅美丽的图画展现在我的眼前，这时候我的激动也被这幅画驱散了。太阳已经升了起来，一个深红色的圆球不住地把一股金流倾注在国会议事厅上面。那个圆顶壮伟地抬起它的骄傲的头，高出在那大理石和石头的大楼上面。阳光就像一个生物，它颤动着，带了激情地战抖着去吻最上面的尖顶，用夺目的光辉盖住它，然后松松地抱住这高耸的巨人，慢慢儿落在它的肩头上。琥珀色的光浪用温柔的爱抚包围着它的各方面，然后向左向右，向远处，向低处冲去，掠过路旁的树木，又在枝叶间嬉戏，最后就散落在宽广的马路上，不停地伸展着，愈来愈明亮，愈来愈广阔。于是那圆顶的巨人，那庄严的树木，那宽广的马路都因这新生的欢乐而战抖了，全自然界都幸福地吐出了一口气，更亲密地接近着这金色的生命之给与者。

这时候我才明白（大概以前就从不曾明白过）生存的绝大的快乐，稀有的幸福。然而片刻之间景象就变更了。在我的眼前出现了莫嫩加赫拉河。水面上有一些满载着武装人们的船只。我听见一声枪响，一个孩子倒在跳板上，血从他的额上流出来，子弹孔在他的深红色的脸庞上黑黑地张开。哭号声在我的耳里响着。我看见男子们向着河边跑去，女人们跪倒在死者的身边。

这可怕的幻景给我唤醒了从前就深印在我的想象中的一件同样的事情。这是一个虚无主义者的处刑。虚无主义者，他们的宝贵的血不知道已经流了多少！他们里面不知道有几千几万的人塞满了俄罗斯的受苦的道路！我觉得他们和我非常接近，而且在精神上可以说是一家人一般，那些青年男女是我青年时代所崇拜的偶像，他们自愿地抛弃了富裕的家庭和高贵的地位，“到民间去，”做人民中间的一份子：纵然因此会被他们的亲人所鄙弃，而且连作为他们的伟大牺牲之对象的愚昧的人民有时也会来嘲笑他们，迫害他们，但他们并不发出一声怨言。

虚无主义给我的最初的印象很清晰地在我的脑里重现出来。那时我刚刚知道了中学第二年的考试已经及格。心里非常高兴，我急忙跑回家去，把这好消息告诉给母亲。我想，这一定会使她多么快乐！下星期就是我的十二岁的生日。然而她用不着给我什么礼物，我却有一件礼物送给她。我快活地叫道："妈妈！"但这时我突然听见她带怒地高声说话。我想，一定有什么事情发生了；母亲从没有这么大声地讲过话。我又注意到从走廊通到饭厅的门紧紧关闭着，和平常的习惯不同，我觉得大概有了什么特别的事情。我惊惶地跑到门口。我听见母亲的声音："拉山，我真替你害羞，你攻击你自己的弟弟，只因为他是一个虚无主义者，你并不比一个刽子手好。"她说到刽子手这字眼时，把声音特别放低，但我那注意倾听着的耳朵依旧听见了这个带着憎恨和惧怕说出来的可怕的名词。

我被恐怖压倒了。母亲的带怒的声音，富裕的舅父的意外的降临，还有那可怕的字眼“刽子手”——一定发生了什么可怕的事情。我轻手轻脚地走出了走廊，便跑到我自己的房间里。我骇得发颤，一进屋就倒卧在床上。“刽子手”究竟做了什么事情？我呻吟地自问道。母亲对舅父说“你的弟弟”，那是她自己的最年幼的兄弟，我最喜欢的马克辛舅舅。呵，他出了什么事？我的激动的想象织出了一些可怕的幻景。那个巨人刽子手的伟大的身躯就站在这里，穿了一身的黑衣服，他的右膀赤露着，衣袖直卷到肩头。手里高举着斧头。我看得见那利斧的光亮，它开始慢慢落下来，是这么慢，就像故意在折磨人一般，我的心也停止了跳动，我的热狂的眼睛着魔般地跟随着刽子手头上一对发亮的黑眼珠。突然间这一对凶恶的眼睛熔成了一个通红的大球；这个可怕的独眼巨人的身躯愈长愈高大，后来到处都是这巨人的身子了，我周围各方面都有他，于是一柄钢斧突然亮了一下，我看见他的大手举起了一个人头，是恰恰齐着颈项砍下来的，那上面的一对眼睛还在闪烁，从嘴里、耳里、喉里喷出了暗红色的血。这个头在我看来很熟：那上面有着白净的宽额和富于表情的嘴，看起来是如此温和，如此忧郁。“呵，马克辛，马克辛！”我恐怖地叫了起来；接着一种对于刽子手的激情的憎恨又抓住了我，我便低下头向着那独眼的怪物冲过去。我和他愈隔愈近了，我再用力一冲，这一下正撞在他的身子的正中，他倒了，他向前倒，重重地压在我的身上，我觉得他的可怕的重量压碎着我的手膀，我的胸部，我的头……!

“沙夏！沙兴加！亲爱的，什么事情？”我分辨出母亲的温柔的，亲切的声音远远地奇妙地响着，于是渐渐逼近，而且变得更可爱。我睁开眼睛，母亲正跪在床边，她那美丽的黑眼被泪水洗着。她激情地狂吻我的脸，我的手，不住地问道：

“亲爱的，什么事情？”

“妈妈，马克辛舅舅怎样了？”我一面问，一面紧紧地注视着她的脸。

她突然变了脸色，这使我的心因惧怕而变冷了。她的脸色白得可怕，额上现出了大滴的汗珠，她的两眼带着恐怖圆睁着。“妈妈！”我叫着，就一下扑过去抱住她。她的嘴唇在动，我觉得她的暖热的呼吸喷在我的颊上；然而她不说一句话，就伤心地哭起来。

“谁——告诉——你？你——知道？”她呜咽地低声说。

似乎有一幅死的帷幔罩住了我的家。屋里静寂得可怕。每个人都穿着拖鞋走路，钢琴的盖子上了锁，只有在饭桌上大家才低声说几句简单的话。母亲的座位空着。看护妇告诉我们她病得很厉害；不许一个人去看她。

这情形弄得我莫名其妙。我不住地想着马克辛究竟出了什么事情。难道我那天关于刽子手的幻想只是一个不吉的预兆，或者还是一幕已经完成的悲剧的响应。我有些觉得母亲生病应该归咎于我。我对她发出那个问题，使她受了一个大的打击，因此得病也未可知。然而一定还有别的原因，我勉强这样地安慰着我的苦恼的心情。有一天下午我看见我的大哥马克辛

（他袭用着母亲最爱的兄弟的名字）很高兴，便把他叫在一边，而且大胆地抱着信赖的态度问他："马克辛席加，告诉我，虚无主义者是什么？"

"你这吃奶的小孩懂得什么？滚开！"他生气地叫骂起来。我不知道他为什么要做出这样一种粗暴的样子，他把报纸掷在地上，凶猛地跳起来，把椅子弄翻，一个人走出房间去了。

马克辛舅舅的命运依旧是一个谜，虚无主义的问题也没有解决。我专心地在读书。然而一种对于神秘的，禁止的事物的好奇心始终潜伏在我的意识里，后来却被一件学校里的事故意外地唤醒了起来，我现在是十五岁了，在科夫洛模范中学四年级读书。依据教育部的命令，官立学校应该施行强迫的宗教教育。在中学里还为犹太学生特别开设了宗教班。犹太学生的父母很憎厌这种改革：差不多每个犹太儿童都要在自己家里或犹太宗教法律学校里受犹太宗教训练。然而学校当局却命令犹太学生去上宗教班。

第一堂宗教课点名的时候我就没有在。校长后来叫了我去说明缺席的理由，我便直说，我不上宗教课，是因为家里另外请有一位犹太教师，并且我根本就不相信宗教。校长现出了十分惊惶的样子。

“年轻人，”他故意用喉音这样叫我，他在严重的情形里就用这样的声音说话的。“年轻人，让我来问你，你什么时候得到了这么深奥的一个结论？”

他的态度很使我狼狈；然而他的讥刺的话语和他那挖苦的调子却叫我生了气。我激昂地勇敢地揭露了我所宝爱的秘密。“从我写了《没有上帝》这文章的时候起，”我暗暗高兴地回答道。但是过后我就明白我的自白太卤莽了。我也有些觉得我会因此在学校和家里引起一些麻烦。然而我总以为我这行为是一个“人”应该做的。马克辛舅舅，那个虚无主义者，他处在我的地位又一定会像我这样做。我知道他的异常正直的名声，我又爱他那勇敢坦白的行为。

“啊，真有意思，”我听见校长的不愉快的喉音，我仿佛是在梦里一般。“你什么时候写了那篇文章？”

“三年前。”

“你那时多少岁？”

“十二岁。”

“你现在还有那文章吗？”

“有。”

“在什么地方？”

“家里。”

“明天把它带来给我看。不要忘记。”

他的声音变得严厉了。这些话句落在我的耳边就像我姊姊的钢琴的粗糙的声音。原来在一个晚上的音乐会里，我忽然起了恶作剧的念头，把一段煤气管藏在钢琴里面，结果钢琴便发出了那种怪声。

“那么明天再说吧。现在没事了。”

我的文章在教务会议里读过了，受到全体一致的反对。我得了“早熟的不信神，有危险的倾向，而且不服从校规”等等罪名，应该受一个严厉的处罚以儆戒别人。我当着众人受了一顿训斥，又被降到三年级里去。这种奇特的刑罚不但取消了我一年的成绩，并且强迫我去和我们高年级的学生所看不起的“小孩们”为伍。我仿佛受了很大的耻辱。

一幅一幅的图画这样递换着；一个一个的回忆这样继续着，那无尽的时刻也慢慢儿爬到了午后，车站上的挂钟单调地响着，就像一个多嘴的老妇。

三

六个钟头到底过去了。“开车了！”

火车头不停地向前跑，逐渐把我带近我的目的地。查票员报告着站名，来来往往的吵闹声在我的脑筋里差不多没有留下一点明白的印象。我一面看见，一面又听见我周围的各种各样的事情，然而我马上就把它们忘得干干净净。我的幻想比火车还跑得快，我好像在检阅无数活泼的景象所组成的一幅全景。这些景象显然不是连贯的，然而我的过去的回忆却把它们亲密地联合在一起。但是现在却又是多么地不同呵！我是向着匹兹堡驰去，匹兹堡，美国工业斗争的中心。美国！我惊异地想着这个未发出的声音。为什么在美国呢？于是过去的景象又在我的眼前展开了一幅一幅的画图。

我在我们那美丽的别墅的花园里散步，地点是在圣彼得堡的郊外，我们一家人夏天多半要到这地方来避暑。我走过露台时，谢民洛夫，那有名的医生，正从屋子里走出来招呼我。

“亚历山大·阿西波维奇，”他带着他那谦恭的态度对我说话，“你母亲的病很重。这里就只有你们两个人吗？”

“我们有用人，还有两个看护妇服侍她，”我这样回答。

“不错，不错，”一个微笑的影子挂在他的温和的嘴角上。“我问的是你们家里的人。”

“呵，是的！只有我一个人和母亲在这里。”

“亚历山大·阿西波维奇，你母亲今天大概很难过。你今晚能够守在她床边吗？”

“当然可以，当然可以，”我马上回答道，很奇怪他为什么作这种古怪的要求。看护妇告诉我说母亲的病已经有起色。我守在她的床边也许会叫她厌烦。自从那天她发脾气打了新来的婢女罗斯以后，我们母子间的感情就有些破裂了，我始终认为她没有权利把肉体的惩罚加在用人的身上。那天的情形我还记得很清楚，她很傲慢地把眼光送过餐桌对面来看我，她的眼睛里燃烧着怒火。

“亚—历—山—大，你忘记你是在对你的母亲说话了！”她对我生气的时候总是把我的名字分成四个隔离的字音叫着。

“你没有权利打那个女子，”我理直气壮地回答她。

“你疯了！我对付那个贱人和你毫不相干！”

我这时忍不住吐出了一个锋利的回答：“那个下贱的婢女不见得就比你坏。”

我看见母亲的细长的手指抓起了那把沉重的勺子，接着我的左手就感到一下锐利的痛楚。我们的眼光遇在一起。她的膀子停住不动，她的眼光移到白桌布上面溅的血点上。勺子从她的手里落了下来，她闭了眼睛，她的身子无力地躺倒在椅子上。

我本打算马上跑过去服侍她，但是愤怒和羞辱打消了我的这念头。我不说一句话，拿起那个沉重的盐瓶，向着那面法国大镜子用力地掷去。镜子打破了，母亲听见声音惊惶地睁开了眼睛。我站起来一声不响地走出了这屋子。

我走进母亲的病房的时候，我的心跳得很厉害。我怕她不高兴我去打搅她，因为那过去的阴影还隔在我们母子的中间。然而她却静静地躺在床上，显然并不曾注意到我走进去。我在床边坐下了，默默地过了好些时候。母亲好像是熟睡了。房间里的黑暗不住地在增加，我还得在这椅子上坐一个整夜。突然我听见她的微弱无力的声音在唤“沙夏”，我俯着身子看她。她说：“我要喝水。”我把杯子送到她的唇边，她微微掉开她的头，轻轻地说：“冰水。”我便动身走出房去。“沙夏，”我听见她在后面叫我，我急忙轻手轻脚地走到床前。我把脸挨近她的脸，挨得很近，才听得清楚她的细弱的声音："帮忙我向里边翻身。"我温柔地抱着她的瘦弱的身子，这时候一个极大的渴望抓住了我，我真想吻她的手，跪下去求她的宽恕。我和她挨得这么近，我的心里充满着爱慕和怜悯。但是我不敢吻她——我们中间已经生了隔膜。我爱慕地把她抱在我的怀里，只抱了一秒钟，我怕我这时的感情的激动会惊动她。我轻轻地把她的身子向里边放下，就慢慢走开了，同时我觉得有什么神奇而又是确实的东西在这之间离开了她的身体。

几分钟以后我拿了一杯冰水回到房里来，我把杯子送到她的嘴边，然而她似乎一点也不觉得。我奇怪地想道："她不能够这么快就睡熟了。""母亲，"我轻轻地唤她。没有回答。"小母亲！妈妈！"她好像不听见似的。一阵恐怖压倒了我，我便大声叫起来："亲爱的，亲爱的！"我把我的热嘴唇压在她的脸上。过后我才觉得一只手挨着我的肩头，我听见医生的稳重的声音："孩子，你不要伤心。她已经过世了。"

四

“年轻人，醒来！你做什么叹气？”我莫名其妙地掉过头去，正看见我座位后面一个黑人劳动者的粗鲁而不凶恶的面孔。

“呵，没有什么，我刚刚在做梦，”我这样回答。我不愿意多谈话，便故意装作专心看书的样子。

这英国话来得多么奇怪！就和我来到美国一样地突然。我母亲去世后过了半年。教育当局常常威吓我，说我有“危险的倾向”，要给我一张品行恶劣的证书，使我以后没有获得职业的机会，不管我的成绩是怎样地优良。接着我又和我的监护人拉山舅父大大吵了一顿，使得我的处境更加难堪了。因此我就决定到美国去。我想，在海洋的那边就有一个光荣的自由国家，那块土地上耸立着高大的建筑物，在那里每个人都充满着人的尊严昂首迈步——我的青年的梦想就这样实现了。

现在我是在美国，在这幸福的土地上了。幻灭，失望，毫无效果的挣扎。……我脑里的万花筒把它们全都展现在我的眼前，我看见我自己坐在联合广场公园里的长凳上面。和费加、密海尔两人（他们是我的同居的朋友）挤在一起。晚风扫过这忧郁的公园，把寒气浸进我们的骨头。我白天到处寻找工作，都没有结果，弄得人劳瘁不堪，这时候又饿又乏。我一看见这两个朋友，我的心更沉下去了。“什么也没有，”我们白天踏遍街市后，夜晚在公园里聚齐，那时候，每个人带着不快的脸色报告说：“什么也没有！”费加在不舒服的睡眠中不住地呻吟着，他的手老是在揉他的膝头。我拾起落在座位下面的报纸来，盖在他的腿上，把另一头塞在下面，让他的两腿压着。但是突然一阵狂风吹来，就把报纸拉开，卷到黑暗里去了。我埋下头去把他的帽子按紧一下，他那可怕的苍白色的面孔把我也骇呆了。只有几个星期的工夫就把这玫瑰色脸颊的肥胖的青年变成了这样子！可怜的人，没有人要他的劳力。呵，倘使他的母亲知道她辛辛苦苦养大的孩子在公园里过夜的话，她不知道会多么心痛。……我觉得有什么痛楚。那是什么呢？一个人俯着身子看我，黑耸耸的一大团在暗夜里动着。我半昏迷中看见一只膀子挥来挥去，画着短短的半圆形弧线向着什么地方重重地敲打，它每动一下，我就感到一阵痛楚，好像挨着皮鞭似的。呵，我的脚底好痛！我连忙惊惶地跳起来。一只粗壮的手抓住我的喉颈：我看见面前站着一个警察。

"你们是小贼吗？"他咆哮地问道。

密海尔睡得迷迷糊糊地回答道："我们俄国人。找工作。"

"出去！滚开！"

我们默默地急忙走出去了，我和费加走在前面，密海尔一歪一倒地在后面跟着。灯光朦胧的街上显着冷清清的样子，偶尔有一两个快步的行人，衣服裹得紧紧地，神秘地在街角一现就过去了。从灰色的人行道上扬起了一股一股的灰尘被风卷着，吹到远方去，于是成了螺旋形向上面升去了，跟着又来了第二股窒息人呼吸的尘雾。不知道从什么地方来的一股折磨人的香味进了我的鼻孔。“第二道街的面包店，”费加提醒我说。我们的脚步不自觉地加快了。我们耸起肩，低着头，身子战抖着，走到了包尔利街。密海尔老是留在后面。“倒楣，我不舒服，”他赶上了我们，就这样说，这时我们刚走进了一条开着的门道。我们把衣袋里仔细检查了一下，三个人的财产合起来只有一角二分。密海尔得找一个有床的地方睡觉才行，我们便决定把一角钱分给他。剩下的二分钱买了香烟来我们三个人平分，至于多余的一根也由每个人轮流抽几口，我和费加就睡在市政厅的石阶上。

“匹——兹——堡，匹——兹——堡！”

查票员的粗暴的声音把我从迷糊中猛然惊醒了。这长远的旅程虽使我十分焦急，但是一旦知道自己达到了目的地，又觉得完全没有准备，反而因此恐惧起来了。我慌忙站起来收拾行李，然而我看见别的乘客都坐着不动，便又连忙坐下，恐怕我的激动被别人看出来。为了掩饰我的张惶起见，我就掉头面向开着的车窗。浓密的黑烟掩蔽了天空，使得晨光也带了阴暗的灰色。煤灰掺在空气里，使空气也变重了；气味简直叫人发呕。远远地从巨大的火炉里吐出了无数的火柱来，灰白色的火光照亮了一排倾圮破陋的木屋。这是工人的住家，就是那些工人，他们创造了匹兹堡的工业的光荣，他们栽培了匹兹堡的百万富翁，他们豢养了卡内基、福利克一流的人。

这景象使我对这颠倒的社会正义起了深深的憎恨，是它把人类的需要变换成了一个惨苦的劳工的地狱。它夺去了人的灵魂，使他一生得不到一线阳光，叫他过着比禽兽还低贱的生活，在天堂的幸福和地狱的苦刑这两块磨石中间它把血肉磨成了钢铁，把人命磨成了黄金，黄金，无数的黄金。

呵，伟大的，高贵的人民！然而以奴隶生活为满足的行为果真算得上是伟大，高贵吗？不，不，他们觉醒起来了！觉醒起来了！

战场

莫嫩加赫拉河满足似地和平地伸展在我的眼前，河水在阳光里闲懒地起了涟波，温柔地发出低唱，应和着那朝雾笼罩的岸上的树木的私语。然而对岸却现出了一幅和这完全相反的图画。离河边不远耸起了一道高的板墙，上面装设着铁丝网，还有那战时用的守望塔和壁垒更把这威吓的气势显得凶猛了。这凶恶的板墙带着一千只凹眼俯视着我，“福利克砲垒”这名称把它那故意杀人的目的正确地表现出来了。许多群激动的人就聚集在河流跟砲垒中间的空地上面，空气里充满了各种吵闹的声音。人们抬着文奇斯脱式快枪急急走过，他们的脸很肮脏，眼光很勇敢却又带着焦虑。大炮的黑洞眼从工厂的天井里露出来，拆卸了的胸墙阻碍着通路，地上到处都是燃烧的灰烬、空炮弹、煤油桶、破碎的火炉和一堆一堆的钢铁。这地方看起来像是一个发生过血战的战场——这是我们现代工业生活的象征，这又是一场残酷斗争的象征，在这斗争中，那强壮的工人是强者，但是他往往败北，因为他的行动懦弱。然而码头上"品克顿"船只的烧焦的船身和溅满了血迹的跳板，却又证明出那真正的强者，那勇敢的受难者也曾得过了一次胜利。

一群工人走近我的身边。他们是高大强壮的汉子。他们的脚步和态度都表现出一种自觉的坚强的力量。每个人都拿了一件武器：有的拿着文奇斯脱式快枪，有的拿霰弹枪。我看见有一个人拿了一支发亮的海军式连发手枪。

"你是谁？"这个人严厉地问我道。

"一个朋友，一个来客。"

"你有证明书或会员证吗？"

我的信物使他们满意以后，他们就放我再往前面走。

在一个工厂天井里我遇见一大群各种各样的男子和女人。那个短小宽脸的斯拉夫人，站在他那高大的美国的罢工伙伴的身边；一个黑脸浓须的意大利人正向着一群激动的同乡一面做手势一面讲话。大多数的人都向着一个新搭的演讲台挤去，演讲台上面正站着一个肥胖的结实的男子。

我也挤上前去。“各位，听着，听着！”我听见了演说者的声音。“各位，我只说几句话！你们大家都知道我是谁，是不是？”

“不错，不错，执行官！”几个人这样叫着。“说下去！”

“不错，”演说者继续着说，“你们都知道我是谁。我是你们的执行官，宾夕法尼亚州，阿利根尼郡的执行官。”

“快说下去！”有一些人等不及叫了起来。

“各位，倘若你们不打岔我，我就要说下去。”

“嘘——嘘！不要吵！秩序！”

那个演说者向前移动了几步，站到演讲台边上。“和姆司德的人们！我做执行官的，我的神圣的职务是在维持和平。你们这城市如今陷在无法律的混乱状态里面了。我已经请求州长派了军队来，我希望——”

“不要！不要！”许多抗议的声音响起来了。“你这混蛋！”一阵吵闹就把执行官的话语淹没了。他急得把拳头捏紧乱摇，把脚在演讲台上顿得乱响，他向着群众大叫，然而他的声音依旧消失在喧扰中去了。

“阿顿奈尔？阿顿奈尔！”从各方面来了喊声。这声音渐渐变成了一个大得惊人的合唱：“阿顿奈尔！”

我看见众人拥戴的罢工领袖敏捷地走上了演讲台。全会场突然静寂起来了。

“弟兄们，”阿顿奈尔以迎合人心的态度和流利的辩才开始说话，“我们已经打了一个崇高伟大的胜仗，把公司战败了。我们已经把那帮‘品克顿’侵入者赶出城去了。——”

“打倒凶手！”

“不要响！秩序！”

“你们打了一个大胜仗，”阿顿奈尔继续说下去，“一个伟大的，极有意义的胜仗，这样的胜利是空前的，劳动斗争的历史上还不曾有过。”

响应的欢呼声打断了演说者的话头。但他马上又接下去：“然而你们应该表示给全世界看：你们要维持和平与秩序的，同时你们也要保持你们的权利。那些‘品克顿’是侵入的流氓。我们为了保护我们的家庭起见，把他们赶跑了，我们做得不错。然而你们是守法的公民，你们尊重法律和国家的威权，只要你们的行为正当，你们的斗争就会得到舆论的赞助。朋友们，现在时机来了！”他便带着热诚的样子大声叫道：“现在时机来了！欢迎军队来！他们并不是福利克派来的！他们是人民的军队，他们是我们的朋友！让我们把他们当作朋友来欢迎！”

对于这个劝告，有的人拍掌喝彩，有的人就发出了不能忍耐的反对声。有些高高地举起手愤怒地辩驳着，群众前后地挤动起来，随后就分裂成几个激动的集团。于是一个高大的黑脸汉子在演讲台上出现了。他的洪亮的声音渐渐把群众吸引到演讲台前面来。骚动慢慢儿平静了。

“各位，不要相信那番话！”这个演说者向着听众摇动他的指头，好像想加重他的警告的力量一般。“你们万不可相信军队是来和我们做朋友的。阿顿奈尔先生的话固然好听，然而那番话会叫我们上大当。弟兄们，记着我告诉你们的话。军队并不是我们的朋友。我现在向你们说的话，我自己的的确确是很明白的。他们来这里，是因为那个可恶的凶手福利克需要他们。”

“听！听！”

“真的！”那个高大的汉子继续着，他的声音带着感情而颤动了。“我可以告诉你们这是怎么一回事情。执行官这坏蛋要求州长派军队来，是那个可恶的福利克给他钱要他这样做的。我敢说这是真话！”

“不！是的！不！”吵闹声又起来了，然而我能够听见演说者的声音压倒这喧闹而清晰地响着：“是的，福利克贿赂了他。你们都知道这个胆小的执行官。我告诉你们，你们万不可让军队开来。起初只是他们来，过后破坏罢工的家伙也就出现了。你们愿意那帮家伙来吗？”

“不！不！”群众怒吼起来。

“好，倘使你们不愿意那帮可恶的骗子来，你们就不可让军队开来，明白吗？倘若你们不照我的话做，他们就会把你们从家中赶走，这家庭是你们用了血做代价换来的。你们，你们的妻子，你们的儿女都会被他们赶出去，而且连这些地方（他指着工厂的那一面）他们也不许你们逗留一下。倘若你们不小心，他们一定要这样地对付你们。我们在这些工厂里面流过了血汗，我们的弟兄们死伤在这里面，我们把这鸟公司弄发财了，现在他们却请军队来预备向我们开枪，就再干那般‘品克顿’流氓想做而失败了的事情。现在你们还要欢迎军队吗？我告诉你们，不要让他们来！”

这个演说者在听众的呼叫声中离开了演讲台。

“麦克纳基！老实人麦克纳基！”人群的外层里有一个人这样叫着，于是众人齐声响应起来：“老实人麦克纳基！”

我急忙跑过去看那个很得和姆司德民众拥护的市会议员的丰姿，他自己也是卡内基公司的一个小职员。这个面貌和善、身材高大的汉子在人丛中挤着往演讲台前面走去，众人都向着他点头微笑让路给他。

“我并没有预备好什么演说，”这个市会议员缓慢地开始说道，“然而我想对你们说，我不明白你们怎么样去反抗军队。刚才那位弟兄所说的话自然很有道理。可是他忘记告诉你们一点小小的事情。这就是‘怎么样？’他怎么样可以不让军队开进来？这就是我想知道的一点。我也怕让军队进来不会有好结果。破坏罢工的人也许就会藏在后面。然而不让军队进来也是不行的，你们不能反抗他们，他们并不是‘品克顿’。而且我们也不能够反抗宾夕法尼亚州政府，也许州长不派军队来也说不定。然而倘使他果真派了军队来的话，我以为我们最好的办法还是把他们当朋友看待。我相信我们就只有这条路可走，我要说的话就只有这一点儿。”

群众散开了，给他这样一说，大家都现出了垂头丧气的样子。

匹兹堡的精神

一

那两个好像是孪生弟兄一般的城市在俄亥俄河岸上突出来，像一个巨大的蜂房，散布着热烈活动的气息，使空气中充满了活跃的生命。无数的人群汇成了一股洪流，不停息地流动着，在一处会合起来，在他处又分散成几股支流，依旧不停息地流着，接连地越过它们的径路，拖了无数弯曲错综的水道和无数尖顶圆顶的建筑物在它们的后面。它们的巨大的影子掩蔽了金光灿烂的俄亥俄河，河水曲折地流着，很艰难地弯弯曲曲地通过它的径路，时而拥抱着河岸，时而惊恐地隐藏起来，后来又胆怯地伸手去挨那个把火与烟喷到蜂房里去的盛怒的怪物。一片浓雾，使人觉得难堪的，使人灰心落胆的，低垂在这一切的上面——这便是充满着黑暗与寒冷的我们的生存象征。

这是匹兹堡，美国工业制度的心脏，它的精神决定着这个伟大民族的生活。匹兹堡的精神，这个钢铁的城市！它的产物就像钢一般冷，铁一般硬。这就是这伟大共和国的主音，它支配着其他一切的谐音，破坏了和谐而奏出吵闹的调子。它的所谓自由的火炬不过是工厂里的炉火，只知烧毁、破坏、蹂躏一切。这是一个有全国这么大小的火炉，在那里面生产者的骨髓和肢体、精力和血液被炼成了柏塞麦式钢，制成了铁甲，铸成了杀人的机器，由财神的高级僧侣卡内基、福利克一类人的手把它们供奉在财神的神位前。

这钢铁城的精神就是卡内基公司与和姆司德工人间的交涉的特征。亨利·福利克握着统治卡内基公司的全权，把这火炉的精神体现了出来，他便是这商业的活的表征。工人们打退“品克顿”以后曾向公司表示愿意讲和，但是意外地遭到公司拒绝。福利克向工人发出哀的美敦书：钢铁工人的团体必须完全地，绝对地解散，纵然为这事情会流尽和姆司德工人全体的血，也不顾惜；公司只肯与个别的工人交涉，而这工人必须接受公司所提出的条件，不能有丝毫的疑问与讨论；他，福利克，决定雇用不参加工会的工人继续开工，他甚至预备借用本州与合众国的联合的军力，来达到这目的。工人若不服从他的命令在减缩工资的新规则下面复工，便会即刻被公司开除，而且应该马上离开公司的房屋。

二

和姆司德城内一条阴暗僻静的巷子里有一所破旧的木头平房。约翰生的寡妇领着她的四个小孩住在里面。六个月以前起重机断了，把她的丈夫埋在两百吨重的金属下面。尸首被抬进她的家里来，那时候她已经发了狂，不肯承认这残废的肢体就是她的肥大强壮的“杰克”。这以后几个星期里邻人们不断地听见她的疯狂的叫号：“我的丈夫！我的丈夫在哪里？”然而那些善良的邻人们的爱怜的看护，竟使这可怜的妇人多少恢复了一点她的理性。她最近带了四个小孩去见福利克，居然被他接见。她跪下去哀求福利克不要把她赶出房屋去。她诉说，她的丈夫死了；她付不出房租；孩子又太小，不能够做工；她自己连走路也感困难，更不用说做事。她以为福利克是很仁慈的；福利克答应为她尽力设法。她的邻人们催促她赶快向公司要求赔偿损失。她也不听他们的话。她丈夫的朋友告诉她说：“那台起重机早已坏了；政府的视察员断定过它不能再使用。所以你丈夫——”但是福利克先生是个好人，起重机的好坏他一定知道得很清楚。他不是说过这全是她丈夫自己不小心吗？

对于那位善心的福利克先生允许她拖欠房钱的事，她觉得非常感激。她以前很害怕人家会夺去她这小小的住家（在这家里她和她那死去的丈夫过了好些情爱的日子），又怕她的小孩会被赶到街上去。她决不会忘记祈祷上帝降福给那位善心的福利克先生。她每天把她和那位伟人会见的故事反复地说给邻人们听；他如何亲切地接见她，又如何诚恳地和她谈话。她说："他就和我们普通人没有两样。"

她现在正和邻人玛利讲这奇异的故事，那个驼背的妇人已经听她说过二十遍了，可是兴味并没有减少。单单认识一个会见过钢铁大王的人，也不是寻常的事情；而且这个人还和那位大人物面对面谈过话！

"我说：'亲爱的福利克先生，'……"约翰生的寡妇这样叙述道，"我说'亲爱的福利克先生，请你看我这几个可怜的小天使'——"

门上起了叩声，把她的话语打断了。"一定是独眼的开特，"她觉察道。于是她高兴地叫起来："进来！进来！"她又叹息地说："可怜的开特！她的男人得了肺病。我怕他不会活到多久。"

一个身材高大面目凶恶的汉子站在门口。他后面跟着两个同样的人。她大吃一惊，就从椅子上站起来。一个小孩开始哭着，连忙跑过来躲在他母亲的背后。

“太太，对不起，”那个高大的汉子说。“不要怕。我们是执行官派来的。把这个读读看。”他拿出一张公文模样的纸来递给她。“我们奉命叫你腾出房子。太太，很抱歉，然而请你准备。快点，我们还有十二家要——”

一个尖锐的叫声响起来。这个可怜的寡妇无力地倒在公差的怀里。

三

匹兹堡的华丽的住宅区东头，躺在午后的阳光里。那宽广的马路看起来很凉爽而引诱人，路旁的树木把它们的影子投在车马道上，微微地互相点头招呼。马车接连地在路中驰过，马披着华丽的马衣，仆役穿着漂亮的制服，这些更给这美丽的图画增添了色彩和生命。一队人马走过我面前。太太小姐们的笑声快活而安闲。她们的快乐使我很气恼。我想着和姆司德的事情。我的脑里现出了那阴气森森的板墙、防御物和大炮。接着是那寡妇的可怜的样子，我听见她的小孩在哭，我又听见一声悲惨的哀叫……

然而这里却只有快乐和笑声。绅士们很高兴，太太们很快活。贫困与需要是和他们不相干的。平民只配做他们的奴隶，来养活他们，给他们修造美丽的宫殿，自己却只得到一点施舍的面包皮。“我给你们什么，就拿什么！”福利克这样命令着。看，这里不是福利克的府邸吗？一个很华丽的地方，有大花园，有仓库，有马房。单是马房就比那个寡妇的住家舒服得多。呵，生活本可以是舒服、美丽的。为什么它不应该如此呢？为什么还会有这么多的贫困和斗争呢？我的周围充满着阳光、花草以及种种美丽的东西。这才是生活！快乐与和平……然而事实并不是这样。……那些太太小姐们坐在马背上笑。她们会想到人民的惨苦吗？也许她们在笑我。笑吧！笑吧！你们看不起我！我是属于人民这方面的，你们却是福利克那方面的。好吧！不久也该我们来笑了……

晚上我回到匹兹堡，便知道卡内基公司与罢工工人协议委员会间的会议已经停顿，因为福利克不肯考虑工人的要求。最后的希望也失掉了！主人下了决心要来剿灭他的反叛的奴隶了。

行动

在会客室的左边，福利克的办公室的门开了一下，那个黑人听差走了出来，这时候我瞥见了一个身体结实的黑须的人坐在桌子前面。

“福利克先生有事情，他现在不能够接见你。”黑人说着就把名片退还给我。

我接过了名片，把它放回在袋里，慢慢地走出了会客室。但是我突然转过身子迅速地走回里面去，我穿过隔在书记和客人中间的那一道门，一把推开那个吃惊的听差，急忙走进左边的办公室，站在福利克的面前。

起初那透过窗户射进来的日光使我的眼睛看不清楚。我渐渐看出来两个人坐在长桌的另一头。

“福利——”我开始唤他的名字。我看见他脸上现出恐怖的表情，我就马上闭了嘴。他显然知道他是难逃性命的了，所以有着这种死的恐惧。“他明白了！”这个念头像电光似地在我的脑里一闪，我很快地取出那支连发手枪。我举起枪，我看见福利克用两手抓住椅子扶手预备站起来。我向着他的头瞄准。我想：“他穿着钢甲也未可知。”我拨着枪机，他连忙恐惧地把脸掉开。火光一亮，高大的屋子里仿佛回响着大炮的声音。我听见一声尖锐的哀叫，又看见福利克跪在地上，把头靠着椅子扶手。我的心很平静，我专心地注视着这个人的一举一动。他倒下来，头和肩都躺在那把大安乐椅的下面，不动又不响。我疑惑：“死了？”我必须确实证明才行。我和他中间隔了二十五尺的光景，我向着他走了几步，突然另外的那一个人扑到我的身上来，我简直把他忘记了，这时候我却不得不挣脱他的手。他的身材又瘦又小，我不想打伤他：我和他没有一点关系。我突然听见一个叫声："杀人呀！救命！"我分辨得出是福利克在叫喊，我的心依旧很冷静。我想："还活着？"我便推开那个瘦汉子，向着福利克的爬动的身子又放了一枪。我的手被那个瘦汉子打了一下——子弹就滑开了！他扭着我的身子，我们就纠缠着在房里转来转去。我一面想弄倒他，一面却窥着他的膀子和身体中间的空隙，就把手枪靠着他的腰向着蹲踞在椅子背后的福利克瞄准。我拨动枪机，枪机响了一下——却没有子弹出去。那个瘦汉子依旧抓住我，我便用力去扼他的咽喉，然而一个沉重的东西突然从后面打到我的头上来。一阵剧烈的痛楚刺激着我的眼睛，我倒在地板上，微微觉得手枪从我的手里滑开了。

"铁锤在什么地方？木匠，快打他！"混杂的声音在我耳里响着。我挣扎着想站起来，许多个身体的重量压在我的身上。呵，——这是福利克的声音！他没有死？……我用力向着那声音来的方向爬过去，把那些抓住我的身子的人也拖了过去。我必须把袋里的匕首拿出来，我果然把它拿在手里了！我接连地用它去刺窗前的那个人的腿。我听见福利克发出了痛苦的哀叫——又响起了许多人的叫唤和跑步声——我的两膀都被人拉着，扭着。他们把我从地板上抬起来。

警察、书记和穿着套裤的工人一齐把我围住。一个警察抓住我的头发拉起我的头，我的眼睛正和福利克的遇着了。他站在我的面前，几个人扶着他。他的脸上带着死灰色，黑须上染了一些血迹，血还从他的颈项里流出来。我起初感到一种类似羞愧的感情；但是过后我却为这种感情十分气恼，我为什么羞愧呢？这是一个革命者不应该有的。我带着傲慢的憎恨直视着福利克的脸。

“福利克先生，你认出这个人就是谋刺你的凶手吗？”福利克无力地点了点头。

街上拥挤着一大群激动的人。和警察同路的一个便衣青年温和地问我道：

“你受伤了吗？你在流血呢。”

我伸手摸我的脸。我不觉得一点痛楚，然而我的眼睛有一种奇特的感觉。

“我的眼镜失掉了,”我勉强地说。

“你的头没有失掉，还算你运气好！”一个警察在旁边粗暴地接口道。

逼供

一

钥匙的声音渐渐消失了，脚步声也消失在远处。警察们也都走了。一个人静静地独处，究竟要舒服一点。他们的傲慢的注视和愚蠢的问题，圈套和威吓——这一切是多么讨厌！现在我觉得完全不关心似的。我直挺挺地躺在墙边的木头长凳上，马上就睡熟了。

我醒来时，觉得又倦又冷。周围只有静寂和黑暗。这是在夜里吗？我用手缓慢地摸索。有什么又湿又黏的东西挨着我的脸颊。我突然惊惧起来，缩回了身子。

这监房潮湿发霉，恶臭的空气使我作呕。我用脚慢慢地踏那地板，身子再向前移动，很仔细地注意着。我抓住铁格子，我觉得那确实是铁的东西了，我才把嘴压在门上，从那窄小的空隙里短短地呼吸了几口气。我觉得很热，出着汗。我的咽喉干燥到要破裂了；我实在忍受不住。“水！我要喝水！”这声音很使我吃惊。是我在说话吗？这音响滚着，从一个走廊到另一个走廊，撞在对面屋顶下的角落里，它又再往下爬，钻入远处的洞穴里，于是猝然停止了。

“喂，你为着什么事进来的？”

这声音像是从走廊的各方面同时发出来的。然而我听见人声，心也就有些安定了。现在空气似乎也好受一点，不再像先前那样使人难以呼吸了。我开始看出对面一排一排监房的轮廓来。门口都有着黑暗的影子，里面的囚人的形状就和那些不停地在笼子里跳动的野兽没有两样。

“你为着什么事情进来的？”这声音是从我这一面

的监房里来的。“喂，你不能够讲话吗？喝醉了酒，是不是？”

我为着什么事情进来的？呵，不错！就是福利克。然而无论如何我不会在这里住多久。他们不久就会把我带回去——他们会叫我站在墙边——也许就像这样的一堵黏土的墙。他们会缚住我的眼睛，那里还有兵士……不，他们要绞死我。好吧，他们把我带出这里的时候，我也会高兴的。我现在口干得很，我闷得透不过气来。

……铁格子门的挺直的铁条渐渐阴暗起来，于是溶化成了一条，交叉地嵌在上面和侧面的窗格的中间。它像一副绞刑架，还有一个人正在把木桩打进土里。他小心地把它靠在墙上，去拾起一把铁铲，他又把一只脚放进洞里。这是那个木匠！他打中了我的头，也是从后面打的，这个胆小的人。只要他能够明白他自己究竟做了一件怎样的傻事呵！他是人民中间的一个；我们必须到他们中间去，教导他们。我希望他会抬起头往上面看。他不知道他的真正的朋友。他有着一个宽背，样子就像一个俄国农夫，他的膀子上有那么多的毛！我只希望他抬起头来……他现在把木桩打进了土里；他在踏紧周围的泥土。我想他掉过身子的时候，我会捉住他的眼光。呵，他简直不看我这一面，他的眼睛老是注视着土地，他简直和俄国农夫没有分别。他又往后退了几步，带着批评的神气考察他的工作，他似乎很高兴。这十字桩看起来很奇特，横的一根太长，完全不合比例，我怕它会断。从前我哥哥给我看过一张图画，画着一个人悬挂在一根树枝上面，画题是《司顿加·拉进的处刑》——我那时候的感觉如今又记忆起来了。"树枝不会断吗？"我这样问道。母亲就回答说："不，沙夏，司顿加——呵，他一点也不重。"我不明白她为什么要和马克辛交换了一瞥古怪的眼光。母亲忧愁地微笑着，不肯给我解释，于是她掉头去对我哥哥说："马克辛，你不该把这种图画给沙兴加看，他年纪还太轻。""妈妈，他已经到了应该知道司顿加是一个伟人的年龄了。""什么？你这小糊涂！"父亲生气地骂起来，"那是一个凶手，一个匪徒。”然而母亲和哥哥却勇敢地替司顿加辩护，父亲就专制地结束了这次的争论，他叫道：“现在不许再说一句话！我不愿意再听见人说起那个犯法的农夫。”他这举动把我深深地激怒了，这种意见的分歧弄得我十分莫名其妙。无论谁都能够说出一个凶手和一个伟人中间的差别来。为什么他们三个人的意见就不能够一致呢？我最后断定：司顿加一定是一个好人。母亲决不会为一个绞死的凶手流泪，然而我看见她望着图画的时候，她却偷偷地揩她的眼睛。不错，司顿加·拉进定是一个高贵的人。我也哭起来，我哭我自己以前居然不知道那件说不出的罪恶，我奇怪我怎么能够宽恕“他们”杀死司顿加的事情，我奇怪为什么那根细弱的树枝会载得起他。它为什么不断呢？……他们为我预备的绞刑架恐怕载不起我的重量。他们会把我像司顿加那样的绞死，也许将来有一天一个小孩会看见那幅图画——他们会叫我凶手——只有少数的人才明白真相——而且那幅图画会画着我吊在……不！他们不会把我绞死！

我伸手去摸我的衣襟，我明白硝酸甘油的弹药筒还安全地在夹里中间，我不禁非常高兴。我望着我想象中的那个木匠微笑，你们的准备都是没用的！我自己已经把那件事情准备好了。不，他们决不会绞死我。我的手抚摩着那细长的管子，动手吧！造你们的绞刑架吧，怎么，那个人在穿他的上衣，难道他已经做完了吗？他现在掉转身子了，他笔直地望着我。怎么！这是福利克！他还活着？……

我的头脑燃烧起来了。我把头紧紧靠在铁格子上面，猛烈地呻吟着。他活着？我失败了吗？失败了吗？

二

沉重的脚步声更逼近了；钥匙的响声也变得更清晰了。我必须镇定自己。我不能够让那些嘲笑的，敌视的眼睛看见我的苦痛。它们能够减轻这种可怕的不安的心情，然而我必须做出毫不在乎的样子。

他们问我肯“和长官一道进餐吗？”我拒绝了，

只要求给我一杯冷水。那可以；但是长官想先和我谈谈。一边一个警察押着我经过螺旋形的走廊，最后走到上面长官的办公室里面。我的心里充满着逃走的念头，我仔细地留心着周围的情形。我是在一间陈设华丽的宽大的房间里，窗户开得异常高，上面盖着厚的窗帘。我站在一排黄铜栏干前面。栏干里放着一张写字台，旁边坐了一个中等身材的汉子，显然是一个爱尔兰人，他正在翻阅一些纸件。

“早安，”他高兴地招呼我。“请坐，”他在里面指着栏干外面的一把椅子。“我听说你要水喝？”

“不错。”

“我先有几个问题问你，没有什么要紧的事。关于你的家世，你知道，不过是手续罢了。请你明白地回答，过后不论你要什么我们都会给你。”

他的态度很客气，差不多到了讨好我的程度。

“那么柏克曼先生，告诉我，你的姓名是什么？我指的是你的真姓名。”

“那就是我的真姓名。”

“你是说你送给福利克先生的名片上就用着你的真姓名吗？”

“我用的是我的真姓名。”

“那么你是一家纽约职业介绍所的代理人吗。”

“不是。”

“你的名片上不是这样写着吗？”

“那是为了希望福利克接见的缘故。”

“那么你用‘亚历山大·柏克曼’这姓名也是为着希望他接见的缘故吗？”

“不是。我用着我的真姓名。我的意思是：不论将来会有什么事情，我决不能够连累他人。”

“你是一个和姆司德的罢工工人吗？”

“不是。”

“你为什么刺杀福利克？”

“他是一个人民之敌。”

“你和他有什么私怨吗？”

“没有。我把他当做一个人民之敌。”

“你从什么地方来的？”

“从车站。”

“喂，柏克曼先生，你应该坦白地说话，我是你的朋友。我打算给你一个好的舒服的监房。先前的那间——”

“比俄国监狱坏得多，”我气愤地打断了他的话头。

“你在那里住了多久？”

“什么地方？”

“俄国监狱里面。”

“我以前从没有进过监狱。”

“喂，柏克曼先生，说真话哪。”

他向着站在我椅子后面的警察做了个手势，那人就去把窗帘拉开了，阳光鲜明地射进房里来。我不住地望着壁上的挂钟，短针指着五点。写字台上面的日历是：七月——二十三日——星期六。我被捕以后不过才三个钟头？在监房里却觉得过了很久很久了……

“你对我应该十分坦白，”问官又说。“关于你的事情，我知道得比你所料想的更多。我们已经捉到了你的朋友拉克——麦托夫。”

对于这种愚笨的圈套我忍不住要笑了。我在匹兹堡头一夜所住的旅馆里，用的姓是拉黑麦托夫，这是车尔尼雪夫斯基的小说《怎么办》里面的主人公。

“是的，我们捉到了你的朋友，你的事情我们全都知道了。”

“那么你为什么还要问我呢？”

“你不要装作聪明。快回答我的问题，听见吗？”

他的态度突然改变了，语调里带了威吓。

“现在回答我。你住在什么地方？”

“给我一点水。我的口很干，不能够讲话。”

“一定，一定，”他亲切地回答着。“你就会有水喝。你喜欢威士忌，还是喜欢啤酒？”

“我从没有喝过威士忌，啤酒也很少喝。我要水。”

“好。等我们的事情一完，就马上给你水喝。那么我们不要浪费时间了。谁是你的朋友？”

“给我水喝。”

“我们的事情完得愈早，你也愈早有水喝。我还给你预备下一个很好的监房。柏克曼先生，我愿意做你的朋友。你若是对我好，我就会照应你。现在说，你到匹兹堡住在什么地方？”

“我没有话同你讲。”

“回答我，否则我要——”

他的脸因愤怒变成了紫色。他捏紧拳头从座位上跳起来，但是他突然又控制住自己，做出安心的微笑说：

“柏克曼先生，懂事些。你看起来像是一个有知识的人，为什么你不带着懂事的样子讲话？”

“你想知道什么事情？”

“谁和你同去福利克先生的办公室？”

我实在忍不住看这幕喜剧了，就站起来说：

“我一个人来到匹兹堡，我住在商人的旅舍。我在旅客簿子上写着拉黑麦托夫这个姓名，这是假名。我的真姓名是亚历山大·柏克曼。我一个人去到福利克的办公室，我没有一个帮手。我要对你说的就只有这几句话。”

“很好，很好。柏克曼先生，请坐。我们不用忙，请坐。你高兴在这里多坐一会也不妨，这里还是更舒服一点。然而我打算给你预备一间好的监房。你只要告诉我，你在纽约的住址是在什么地方？"

"我要告诉你的话都告诉你了。"

"喂，你不要固执。谁是你的朋友？"

"我决不会再说一个字。"

"混蛋，你会仔细再想一下的。警察，把他带回去。原来的监房。"

以后接连的三天里每个早晨每个晚上都有一个新的问官来重演一幕这同样的喜剧。他们轮流地使用讨好和威吓，笑和怒的方法。我依旧做出毫不在乎的样子。然而他们不肯给我水喝，他们故意给我咸的食物，使我口渴得更厉害。我在那张坚硬的木凳上面度过的不眠的长夜里，这难受的口渴熬煎着我，折磨着我，而且燃烧着我的心脏，监房里恶臭的空气又窒息着我的呼吸。这坟墓中的寂寞使我十分难堪，我的灵魂陷落进了不安定的苦痛里面。

监牢

一

白天里充满着吵闹的声音，人不断地走来走去。铁门开闭声继续不停地在走廊里响着。上层监房里起了一种有规律的脚步声，砰砰地在我的头上敲着，到了快要叫人发狂的程度。粗暴的叫唤在我的耳边响起来：

“监房第十一——号！出庭去！向右边走！”

一个囚犯急急走过我的监房。他的脚步很兴奋，他带着惧怕的样子。

“喂，快点！出庭去！”

“杰米，运气好！”

那个人走过一群参观的女客旁边，突然脸红起来，就把脸掉开了。

这一群参观者正围着一个管理员说话，里面有一位太太向前走了几步，手里拿着长柄眼镜，勇敢地注视着那个囚犯，一面问道：“看守先生，那是谁？”她突然往后退了两步。一个人被禁卒们押着走过。他的脸上有一道深的伤口，正流着血，头上束着绷带。看守们凶猛地把他推进一个监房里去，他沉重地跌下来碰在床上。“呵，不要这样！看着上帝的面子，不要这样做！”那一道沉重的门关闭起来，淹没了他的号叫。

参观者便拥挤到那监房的门口。

“他做了什么事情？他现在不会跑出来吗，看守先生？”

“不会，太太，他在里面很安全。”

女客的笑声响起来很清朗。她挨近铁格子，注意地往里面看去，一个不关心的微笑挂在她的嘴边。

“看守先生，他犯了什么罪？”

“太太，他偷了几件衣服。”

女客的脸上现出了轻蔑的失望。“那个人——嗳——我们昨天在报上读到的，他在什么地方？你知道——就是那个在报上画图的——他——嗳——那么残酷地——嗳——杀死了一个女子。”

“呵，那是杰克·他林。在‘杀人犯部’。太太们，请走这边。”

二

太阳慢慢地逼近那块我的监房里看得见的蓝天了。（我的监房是在监牢的西部。）我靠着铁格子，去接受那明媚的光线。它们带着温柔的爱抚在我的脸上轻轻滑过，我觉得我的心里有什么东西在溶化了。我更挨近那铁门。我渴望着那宝贵的拥抱来包围我，把它的柔和的芳香倾注入我的灵魂。最后的光线淡了下去……然而灰色石板上面的长影子却静静地散布着，吵闹渐渐地停止了，声音也消失了下去，我听见那起了锈的门链在响，接着是锁的声音，过后就完全变成静寂、黑暗了。

静寂变成了凄惨而难堪。它使我充满了神秘的恐惧。它是活的东西。它缓慢地，有规律地呼吸着，像一个怪物一般。它一起，一落；一近，一远。现在它紧紧靠在我的门上，我听见它的激动的呼吸。呵，这是看守！……他的轮廓消失在半黑暗里，看不见了，然而我却看出他的白眼珠，这一对眼睛注视着我，守着我，跟着我动。当我在房里踱着的时候，我觉得那眼光就定在我的身上。我不自觉地加快了脚步，但是我逃不开那眼睛，它在嘲笑我，它在我的面前跳舞：这里那里都是它，我周围到处都是它。它时而飞上飞下，又变成两倍，三倍。墙上现出了一百多个洞，每个洞里有一只可怕的眼睛望着我。它从各方面包围着我，拦住了我的路。

我把头埋在枕上。我睡得很不安宁，而且时时醒来。那可怕的眼睛永远注视着我，那一对白眼珠不停地跟着我的一举一动而转动。

三

囚犯的行列走过我的监房。两个人一排，大家都在低声谈话。这是从全世界各地方的人凑起来的极其混杂的一群。美国西部的土著，面貌鲁钝的“宾夕法尼亚的德国人”默默地慢慢走了过去。意大利南部的人，黑眼睛的矮胖子，脸上带着伶俐的，容易猜疑的表情，用兴奋的快步子走路。瘦长的西班牙人，颜色浅黑，面貌文雅，带了按捺住的轻蔑的眼光向四周看。每个人走过我的门前，总要偷偷地向我的监房看一两眼。这行列的末一个是年轻的黑人，他一个人走着。他粗鲁地向我点头，微笑，露出了一排雪白的牙齿。看守走在最后，他在我的门前站住了，他用他那锋利的眼光严峻而批评地打量着我，一面说：

“你可以加入。”

监房被打开了，我加进了行列里面，黑人和我站在一排。他马上忙着和我谈起话来，他说他很高兴，他们到底允许我“加入”了。无缘无故地取消我四天的运动时间，这是可耻的事情。他说，现在他们会“把那守夜狗弄走了，一定是害怕你自尽”。

他的话语滔滔不绝。虽然我明白地露出不想谈话的神气，他似乎也毫不扫兴。他问我想不想找支纸烟？可以在监房里抽烟的。只要有“洋钿”，人便买得到“香烟”。除了酒外，什么东西都可以买。他畅谈着牢里的种种事情，那个长子叫做杰克·丁福，是和姆司德的工人，他向“品克顿”丢过炸药。杰克旁边的那个意大利人杀了他的老婆。那边的那个德国人是个疯子，在睡梦中扼杀了他的儿子。这个多嘴的同伴又自动地告诉我，他也在等候审讯。不过是第二等的杀人罪，不会被绞死。他说着一面得意地笑起来。“他的”那个人过了九天才“死掉”了。……他相信他们不会绞死他。“他们不会的，”他反复说着，快活地露齿笑了。突然间他换了话题。“喂，你干了什么事？只有杀人的案子才关在这一边。你的人没死掉吗？”他并不等我回答，就对我说，我的事情“不要紧”。“他们不能够绞杀你！”他说到他自己的案件，就渐渐地激动起来。他给我详详细细地叙述那情形。“那个黑大汉当作我怕他。他现在明白了，”他咯咯地笑着。“我什么人都不怕。我对他说：‘喂，大汉滚开！你不要碰我女人！’那个黑大汉抓起切肉刀——你晓得，我们在大客栈的厨房里面。我叫道：‘大汉，丢开刀’呀，他向我走过来。这家伙拿刀刺我，这里，”他起劲地拍他的衣袋，“我却叫那坏蛋自己吃了亏。我给他戳进他肚皮中间，先生，真的，没说谎。我真干了，他丢了刀，我拔出刀来，差不多有两英寸深，刀已经半弯了。我又给他戳进去。”他一面做那可怕的动作给我看。“那个黑大汉不会再找我麻烦了。别的人也不会，我敢说。然而他们不能够绞杀我。先生，他们不能够，因为我的人是两个礼拜过后才死掉的。先生，你的运气还不错。”他的脸上现出了一个狞笑，他的牙齿白白地在发亮。突然间他认真地问我道：“你是罢工工人？不是？你不是一个钢铁工人？”他很惊奇。“为什么你要打死福利克？”我试图给他一个解释，这时候他却并不掩饰他的疑惑：“你怕说出来。你完全不要紧，亚历克，——这是你的名字吗？然而你不要紧，先生，我不要紧。不要对人说，他们大半是骗子，你要当心他们。你要记住。……”

铜锣敲出了它的深沉的低音。

“大家回监房！”

行列散开了。许多道门齐声响起来，我又在我的监房里面了。

四

监房里窄凳子上面放着一只洋铁锅，盛了深褐色的混合物。这是午饭，然而这“午餐”看起来并不叫人垂涎：锅已经旧得不堪，并且起了锈，汤的气味也使人起疑心。油腻的水面上这里那里点缀了几片菜蔬，就像一池死水，上面浮着绿色的黏泥。我刚刚尝了一口，就使我发呕。我便决意只把我在早餐时剩下来的一块面包拿出来吃。……

在孤寂的静夜里我起了一种清晰的自由的感觉。白天的空气充满着讨厌的焦虑，时时叫人感到迫切的恐怖。然而夜间却是给人安慰的。我第一次觉得我是一个人在这里，没有人来监视我了。“守夜狗已经给弄走了。”这种不断的监视真是特别残酷，只为的是怕犯人逃脱刽子手的绞绳！典狱告诉我，这只是一种防备自尽的办法。他这种愚蠢的提示就像拿一把刀刺进我心里一样。我们两个人的精神的态度竟然差得这么远！我在不曾向人民解释过我的行为之动机和目的以前决不能够自杀。这一层他的心决不能够理解。自杀？好像我的目的就在杀死福利克！这种想法是不可能的，而且是在侮辱我了。……福利克这东西，单独的一个人值不得一件恐怖主义的工作！我的目的是在那个九头怪物，福利克不过是它的一个看得见的代表，和姆司德的发展使他暂时成了重要人物……我要叫全世界知道和姆司德的困苦。晴天的霹雳会给人一个警告，说在平静的天际之外一个大风暴快来了。社会抗议之电光——

“快，亚历克！拿去。”一件白的东西从铁格子扑了进来。是从报上剪下来的一段消息。我急急读它。了不得！谁也不会想到！驻扎在和姆司德的军队中某联队的一个兵士鼓动全队伍“为那个向福利克开枪的人三呼万岁”。我的心灵中满溢着美丽的希望。……他的名字叫什么？颜姆斯。他代表了那联队中的最好的感情，别人大概没有他的那种勇气，他们不敢响应他的欢呼，尤其是在联队长的面前。……联队长生了气，问是谁为“那个刺杀福利克的凶手”欢呼，颜姆斯勇敢地走出行列，说是他做的事。联队长要他认罪，他也不肯。勇敢的孩子！……

我应该留心这事情的结果怎样。也许那个黑人以后会再给我一点这种报上剪下来的记事。他冒险来向我表示友情，他这举动是很大量的。在这里虽然别的囚犯可以购买报纸，典狱却明白地禁止人传递报纸给我。他在种种方面专门和我一个人为难……

我本能地觉得有什么人站在我的门前。典狱的一对狡猾的小眼睛，注视地从铁格子外面看进来。我觉得他是一个敌人。好，他要拿这段报纸的记事，就让他拿去。然而任何拷问都不会使我供出那黑人的名字。

“有位先生在我的办公室里要见你，”典狱告诉我说。

“那是谁？”

“你的一个朋友，从匹兹堡来的。”

“我在匹兹堡不认识一个人，我不要见那个人。”

典狱的殷勤的劝诱使我起了疑心。他为什么这么关心要我去看一个不认识的人？我听说接见是特权，现在我谢绝这种特权，而典狱倒反而固执着。我终于拒绝了，最后他命令我走出监房，两个禁卒押着我进了走廊。有十二个人排列在那里，禁卒叫我在这行列的前头站住，他们数过了六个人，把我排在第七。我注意到，在这个行列里面只有我一个人戴眼镜。典狱从一个秘密的办公室带了三个探监的人进来，他们走过我们这行列，把每一副面孔都仔细看过。然后他们又回转来，他们的眼光依旧定在我们的身上。他们里面有一个人动了一下，仿佛要把手放在我左边那个人的肩头似的，典狱却连忙把他唤开。他们低声谈了几句话，然后神气十足地走近我们这行列，慢慢地走回去，到后来他们都横立在我身边。那个高大的人就像招呼熟朋友似地把手放在我的肩上，唤道：

“柏克曼先生，你还认得我吗？我在第五号路上遇见过你，就在电报局大楼[①]的前面。”

“我一生就从没有看见过你。”

“呵。不错！你记得我对你说——”

“没有，你从没有对我说过什么，”我不能忍耐地打断他的话。

“把他带回去，”典狱这样命令道。

我抗议这种欺骗的办法。典狱却坚持说，这是

---

① 卡内基公司的办公处就在这所大楼里面。

“一个确凿的证明。”侦探看见我“和两个朋友一起侦察福利克先生的办公室”。我气愤地否认他那虚伪的叙述，我责备他设计陷害我的朋友。他也很生气，便下个命令，把我这天下午运动的权利取消。

典狱在警察署的计划里所负的任务现在我完全明白了。我看出了他的真正面目。……他的脸上常带着和蔼的笑容，而下面却隐藏着极端的恶意，他利用典狱的地位来虐待那些不幸的人，以满足他的浅薄的虚荣。……

我把前前后后的事情想了一番。我对典狱不由得起了深的憎恨，他的那种无耻的行为使我十分气愤。我的黑人朋友曾经劝过我当心我隔壁的囚犯，现在想起来又有新的意义了。那个人一定是个侦探，显然是典狱故意把他安放在这里的。还有一些小事情，虽然它们本身无足轻重，现在却更证实我的疑心了。我再把我那邻人的种种事情仔细想一下，我的疑心就变成了确信。我那年轻的黑人朋友因为警告我当心隔壁的侦探，就被关进了地牢。至于那个侦探，虽然他每天不断地敲壁，不歇地谈话，却没有人来处罚他。显然是他有特别的权利。……

我觉得我周围尽是敌人，公开的，秘密的，都有。这里没有一个人我可以叫做朋友的；只有那个黑人，他对我很好。我希望他再给我一些报上剪下来的新闻——也许那上面会有我的朋友们的消息。我明天在运动时间里要设法和他站在一排……呵，他们在分散传道小册。明天是礼拜日，——没有运动！

五

在礼拜日取消了囚犯的午餐，说是来尊荣这主的日子。早饭只有一小块面包，和一杯苦的黑咖啡。晚餐和早饭一样，不过咖啡稍微淡一点，而盛咖啡的洋铁杯上面的锈也更多一点。我闭着眼睛勉强吞了一口。这倒像油腻的洗碗水，还带了点烧焦的面包的气味。

在这神圣的日子里运动也被取消了。空气里充满了那长久的沉寂所生出的忧郁。下午我听见内门的响声。一时衣裳的窸窣声大作，唱诗的太太们就座了。“杀人犯部”的门打开了十五度光景的缝隙。犯人依旧留在各人的监房里面，看守们驻扎在走廊的入口。

一切全都寂静了。在这难堪的沉寂中我听得见自己的心跳。一个淡淡的影子在暗黑的地板上突然掠过，现在它又在铁格子上面摆动，我听见毡底鞋轻轻走路的声音。带钥匙的禁子默默地走过我的监房，就像一个一瞬即逝的秘密，在一个受苦的灵魂上投下了它的黑影。我看见一支手枪从他的衣袋里露了出来。

突然间提琴的温柔的调子在廊子里响了起来。女性的声音唱起了“主呵，离你更近了，更近了”的歌。音量慢慢地扩张，它高起来，一和走廊的地板接触就变得更响亮了，而且在我的监房里回响着：“离你更近，离你更近。”

歌声消失了下去。一个深沉的男性的声音说道：“让我们祈祷吧。”这个金属一般的坚硬的声音响起来就像命令。看守们低了头站着，他们的嘴唇跟着那个看不见的说话的人咕噜地在动:“我们在天上的父,今天给我们以每日的面包……宽恕我们的罪过,如像我们宽恕那些对我们犯罪的人——”

“你倒拚命在犯罪!”有人从上层的廊子里发出了这样的叫喊。许多监房里面都起了极力压抑住的笑声。看守们纷乱地跑到楼上去,闹声增加着。“秩序!”典狱的声音被吵闹和抱怨压倒了,许多道门猛烈地打开又被关住了。铁的响声震得人耳聋。突然间一切都静寂了,看守们已经到了廊子里,只有急促的脚尖声还可以听见。

骂人的囚犯寻不出来。晚餐的锣响了。犯人都站在监房门口,手里拿着杯子,等着来接咖啡。

“这群猪都不准吃晚饭!不准吃晚饭!”典狱怒吼道。

安息日的祝福!

铁门闩拉起来,我们被锁在监房里过这整夜了。

六

一天一天，一星期一星期都在讨厌的单调中过去了，这种单调的生存中的唯一的点缀，就是我对于逼近的审讯的焦急。他们不让我知道准确的日期，这也是他们的残酷的计划的一部分。“你得准备好，你随时都有被传去受审的可能，”典狱对我这样说过。然而影子一天天变长起来，日子一来一去，不知过了若干时候，我的名字依旧没有写在法庭的名单上面。这是一个多么残酷的拷刑！……

杂役夫沿着廊子走来。他慢慢地走着，拂拭铁栏干上面的灰尘，然后掉转身子用那扫帚在我的门上轻轻撣了几下。他靠着外壁，低低地俯下身子，假装在拂拭门栏——他的手很快地动了一下，一个白色的小卷从下面的铁格子中间投了进来，落在我的脚边。“一封私信，”他低声说。

我毫不关心地把那字条拾了起来。牢里我并没有一个熟人，也许是什么可怜的人来讨一支香烟。我把这字条放在一份摺叠着的报纸的篇幅中间，我很吃惊，那上面写的是德文。这会是谁写来的呢？我去看信尾的署名。卡尔·诺尔德？这是不可能的，这是一个圈套！不！但是那笔迹——我不会认错。这细小、清晰的笔法一定是诺尔德的。然而他怎样把这张字条偷偷送进来的呢？我的眼睛一看见那几行铅笔写的字，我就觉得热血直往头上冲。包尔和他两个人都被逮捕了，他们现在也被关在这监牢里面，罪名是和我同谋行刺福利克。侦探们赌咒说他们看见包尔、诺尔德两人和我一起在福利克办公室的大楼前面徘徊。那字条上说他们两人请了一个律师，问我要不要这律师辩护。

运动时间的锣声响了，我勉强走到廊子里。我觉得在发烧，我的脚沉重地往前移动，我不觉碰在铁栏干上。

“亚历克，你生病吗？”这一定是那个黑人的声音。我的喉咙很干燥，我的嘴唇不肯动。我模模糊糊地看见看守走近我的身边，他把我拖回到监房里面，放下了床位，一面说："你可以躺下去。"锁声一响，我又是独自留在监房里了。

行列走了过去，一来一往，一往一来。那有规律的脚步声就像铁锤一般地打在我的头脑上。他们要到什么时候才停止呢？我的头痛得很厉害——我倒欣幸我没有被叫去走路，——这全靠着那个黑人好心去唤了看守来——我觉得病很重。那是什么？呵，那张字条它在什么地方？

我想到会遗失掉那张字条，不觉大大地惊恐起来。我连忙从地板上拾起了报纸。我用那颤抖着的手去翻篇页。呀，原来还在这里，要是我找不着它，我会以为这只是我的幻想罢了。

看见这张破纸头使我充满了焦虑。诺尔德和包尔都在这里！要是他们当心的话，事情会弄得很好，他们本来是无罪的；他们可以证明它。但是……我的头很沉重。我疲倦地躺在床上。

七

“你的同党在这里。你愿意见他们吗？”典狱问道。

“什么‘同党？’”

“你的同伙，包尔和诺尔德。”

“你指我的朋友吧？我没有同伙。”

“这都是一样。你愿意见他们吗？他们的律师也在这里。”

“好，我要见他们。”

自然我自己并不需要律师替我辩护。我要自己来处理我的案子，我自己会解释我的行动。但是我却很高兴和我的同志们见面。

看守把我带进厅子的时候，我很小心地注意着一切。我看见诺尔德和包尔坐在墙边一张小桌子前面。还有两个人和他们在一起，我想这大概是他们的律师。所有的眼睛都好奇地，探索地注视着我。诺尔德向着我走来。他的样子有点兴奋，他那浓眉盖着的眼里射出一种很严肃的眼光；他抓起我的手。他很热烈很亲密地握着它，好像他要把无限的信任倾注在我的心里一般。一阵感激的波涛压倒了我，我想去抱他，但是许多好奇的眼光刺进了我的脑里。我去看包尔，他那善良健康的脸上露了一个快乐的微笑。看守拉了一把椅子放在桌子旁边，他自己靠在铁栏干上面，他在这里使我很受拘束，我们所说的一切他都会报告给典狱听的。

他们介绍我认识了那两个律师。年轻的一个显然是新近毕业的，很敏捷，活泼又爱多嘴。他带了一种焦急的等待着什么的神气，他的狭长的脸上现着一种犹太人的机敏。他说他的那个卓越的同事是如何好心地答应来办理我的案子，他对那个年长的律师十分客气，差不多是很恭敬的。而那个年长的律师却做出厌烦的样子，默默地不作声。

“你有什么话吗，上校？”那个年轻的问道。

“没有。”

“上校”不客气地吐出这简短的回答。年轻的律师很不好意思，就像一个小学生做一件顽皮的事情被捉住了一般。

“那么，你呢，柏克曼先生？”他问我。

我道谢他们关心我的案子。但是我说，我并不需要律师来替我辩护，因为我以为我并没有罪，我只想在法庭上作一次公开的演说。倘使我请了律师来代表，那么我就没有这个机会了——

在我对面的沉重的呼吸搅乱着我。我看那“上校”。他的眼睛闭着，从他的张开的嘴唇里发出来有规律的沉睡的呼吸。年轻律师的脸上露出一点惊惶的样子，他站起来带了道歉的微笑说：

“上校，你疲倦了。这里真气闷。”

“我们走吧，”“上校”回答道。

我忧郁地回到监房里。

八

黑夜使我充满了孤寂的感觉。生命是离得那么那么远——它把我抛掷在这个寂静的沙漠里面。救火机在远方响着，河面上起了音响信号机的叫声，这一切更增加了我的寂寞。然而“生命”这怪物它仿佛又还是很近，它那么一个大东西，充满着活力，专心走它自己平日的道路。我真是太不小心，把自己投进了黑暗里——就像一粒火星从火炉里爆出来，化作了一股烟消失在夜的黑暗中。那个怪物！它的一对大眼睛是很残酷的，它们看守着生活的每道门。它们监视每个进路，不要我再走进去——还有在这里的别的人。那些人真可怜，他们看见审判的日子一天天逼近，就渐渐地变得很苦恼，很激动。他们的眼里带了一种惧怕的表情，他们的脸上也显着憔悴和忧虑的样子；他们走起路来没有一点气力，长时期的等待把他们弄得精疲力尽了。只有那个年轻的黑人还是快活的。但是我却时常看不见他那和善的面孔上的笑容。我相信今天早晨那三个意大利人从法庭回来时，他的眼睛一定湿了，那三个人被判了死刑。十八岁的乔倒是脚步坚定地走回他的监房，他的哥哥巴斯加奈两手蒙着脸，默默地哭着，走过我们面前；但是那个老头子——他们的父亲，走过廊子的时候，我们看见他突然站住了，他摇摆了一下，便猝然向前面倒下去，头碰着铁栏干，他的身子无力地落在地板上。禁卒们拖着他的膀子，把他拉上楼去，他的腿沉重地碰着石头，白头发上染满了鲜红的血迹，眼光非常迟钝。他突然间站直了身子。他的头向后一仰，膀子举了起来；他悲痛地嘶声叫道："圣母呵！我是没罪的，没罪——"

禁卒挥动他的棒。这老头儿摇晃了一下就倒下去了。

"喂！准备好！小心监视！"典狱大声叫道。

"没罪！小心监视！"回声嘲笑地在屋顶下响着。

那个老头儿时时扰乱着我的心。我听见他的苦楚的号叫，他那悲惨的绝望使我的骨髓都变冷了，运动的时间也变成十分难堪。……单调到了极点的监牢生活，实在叫人不能够再忍受下去，还有那继续不断的残酷行为也很是悲惨。我希望把这一切都了结了。我的审判的日期老是没有确定，这是一个无止息的苦刑，到现在我差不多等了两个月了，我的法庭演说也预备好了。我本可以死，然而他们不会让我的解释发表，因此民众也就无法知道我的目的。……我只希望知道我的确定的开审日期，那一天会是我的最后的日子。那个意大利老头儿——他们父子至少也知道他们的死刑在哪一天执行。他们每天每天地数着，每过一点钟就使他们更逼近死期。他们在这里受绞刑，就在这监牢的天井里，也许那时候他们会很兴奋，但是刽子手却会很冷静地杀掉他们。

我不会受绞刑——然而我却觉得我仿佛已经死了。我的生命完结了，只有那最后的仪式还待我来完成。在那以后——好，我会找个办法，审判一完毕，他们会把我带回监房。调羹是洋铁做的，我把它磨出一道口——在石板地上——轻轻地——在夜里——

“第六号，出庭去！第——六号！”

那个带钥匙的禁子真是在叫“六号”吗？谁在第六号监房呢？怎么，这是“我的”监房！我觉得冷汗流下我的背。当我急急地拾起报纸的时候，我的心跳得很厉害，我的手在发抖。我兴奋地翻开报纸看，这一定错了，法院通告栏里还没有我的名字。名单每礼拜一发表一次——怎么，这是礼拜六的报纸——昨天我们做了礼拜——今天一定是礼拜一。呵，真无耻！他们没有给我今天的报纸，今天是礼拜一——不错，今天是礼拜一——

影子从门外落进来。锁响着。

“快，出庭去。”

审判

法庭里冷得像墓地一样。染色的玻璃窗把病态的阳光投进这静寂的房里来，在黯淡的光线中面孔看起来就像鬼魂。

我焦急地往四面看。我想我的朋友们会来看我……但是我到处都遇着冷淡的眼睛，四面八方都是警察和庭丁，还有几个新闻记者坐在旁边。我不得不靠他们把我的话传达给民众，这太丢脸了。

“被告人，站起来。”

“宾夕法尼亚州政府（那个书记这样嚷着）认为我犯了下列各项重罪：怀着杀害的心思殴打亨利·福利

克，殴打赖席曼，闯进卡内基公司办公室三次，每次构成一个单独的罪，非法私带武器。

“你服罪不服罪？”

我抗议他们增加了这许多罪名。我不否认我有杀害福利克的企图，然而殴打赖席曼的控告是捏造出来的。我进卡内基公司办公室只有——

“你服罪不服罪？”裁判官打岔说。

“我没有罪。我要来说明——”

“你的律师会来说明白。”

“我没有律师。”

“法庭会指派一个律师来替你辩护。”

“我不要人辩护。我有话陈述。”

“在适当的时候，会给你一个机会的。”

我不能忍耐地看着诉讼进行下去。那一切的手续有什么用处？我的定罪是预定的结果。那些坐在陪审席中的人，他们要来决定我的命运。好像他们就能够了解似的！他们用冷酷的，毫无同情的眼光打量我。为什么那些补缺陪审员不当着我受检验呢？我进来的时候他们都已经坐好了。

“陪审员是什么时候挑出来的？”我问道。

“你可以另选四个，”检察官回答道。

补缺陪审员的名字都很陌生。然而谁来裁判我，这又有什么关系呢？反正都是我的敌人。……然而只要我能够，哪怕把那“偏净天的车轮”[①]阻拦一刻也好。我胡乱在那印好的名单上拣了四个人，于是新陪审员也就入了座。

审判继续下去。一个警察和两个福利克的黑人职员来做证人。他们证明在福利克的办公室里看见过我三次。他们完全说假话，但是我对这些花钱买来的伪证一点也不注意。一个高大的汉子出现了，我认得就是那个在牢里厚着脸皮说认识我的侦探。以后是一个医生，他说福利克的每一处伤痕，都有致命的可能。赖席曼也被传到庭上来了，他说我企图杀害他。“你说谎！”我气愤地叫起来，然而看守们强迫我好好坐下

① 偏净天的车轮：典故出自印度神话，后借喻以人供其牺牲之习惯、信仰或制度。

去。现在福利克出席了，我向着他，他却极力躲开我的眼光。

检察官转身向着我。我表示不愿意和那些政府的证人对质。他们完全说谎，一句真话也没有，我不要加入来演这出滑稽戏。

“传被告的证人，”推事命令道。

我并不需要证人，我自己有话陈述。检察官要我说英国话，但是我却坚持着读我预备好的德文原稿。后来还是推事决定答应叫法院的翻译员来给我翻译。

“我是在向民众说话，”我开始说。“也许会有人疑惑我为什么不要法律的辩护。我有两层理由。第一，……，我不相信人造的法律，那只是用来奴役和压制人类的；第二，像我的这行为是一种非常的现象，不能够以狭小的法律标准来衡量，要充分了解这一层，必须要洞察社会的背景。一个律师会从法律的立场来辩护或掩饰我的行动，然而真正的问题不在给我自己辩护，而在解释我的行为。倘使以为我是在受审判，那是大错特错，真正的被告乃是现社会——那不合公道的制度。……"

翻译员的声音很尖锐，却时断时续。他把我的话按字直译，在他的不准确的英语里更成了不连接的破句子。他的吵闹的调子刺着我的耳朵，他那毫无意义的演说使我的心发痛。

"翻译整句子，不要翻译单字，"我抗议道。

他带了气愤的样子离开我。

"呵，请继续译下去吧，"我惊恐地叫起来。

他犹豫地回转来。

"看我的原稿，"我求他，"我读一句，你就译一句。"

那一对迟钝的眼睛掉过来，他的睇视是空虚的，看不见的。这人原来是一个瞎子！

"我——我们——继——续——下去——吧，"他口吃地说。

"我们已经听够了，"推事打岔道。

"我的原稿还没有读到三分之一呢，"我惊惶地叫起来。

“这就够了。”

“我不请律师就是为了节省时间来——”

“我们再给你五分钟。”

“然而在这样短的时间里，我不能够说明。我有陈述的权利。”

“我们另有方法教训你。”

我被带回到被告席。有几个陪审员离开了他们的座位，那个政府律师便连忙跑上前去和他们低声说了几句话，他们依旧坐了下去。推事站起来，那时候全法庭静寂得没有一点声音。

“对于你不应该被定罪的事情你有什么意见吗？”

“你不肯让我说，”我这样说，“你们的公道是一出滑稽戏。”

“闭嘴！”

我茫然地听见凳上起了响声。看守们急急把我带出了法庭。

“推事对你很客气，”典狱揶揄我道。“二十二年！很不错，是吗？”

第二篇

惩役所

绝望的思想

一

“将就住下去吧。你得在这儿住些时候了，哈哈！”

仿佛在梦里似的，我听见这粗暴的话语。我疑惑，这个人是在对我讲话吗？他为什么笑？我觉得十分疲倦，我只想安静地独自歇一会儿。

现在那声音停止了，脚步声也渐渐地去远了。周围很静寂，我一个人在这里，一种说不出来的重量压在我身上。我觉得精力完全竭尽了，我的心也是很空虚的。我沉重地倒在床上，头埋在草枕上面，我的心痛楚着，我沉入睡梦中去了。

我的眼睛好像被热铁烧着一般。那热度使我的视官失了感觉，更烧焦了我的眼皮。现在它又钻进了我的头，我的脑也在燃烧了，这脑筋正被一种烈火扫荡着。呵！

我恐怖地醒了过来。一股眩目的光正射在我的脸上。我吃惊着，连忙用手蒙住眼睛，然而这神秘的光却透过我的手刺到我的眼皮上，而且拿它那种折磨人的酷刑弄瞎了我的眼睛。

“起来，把衣服脱掉！你究竟在干什么？”

这声音使我吃了一惊。监房里闪耀着一股连续不断的光辉，此外就全是黑暗，看守的脸孔也看不见。

“现在躺下去睡觉吧。”

我默默地服从着，突然间我的眼前就变成一片漆黑了。一种恐惧抓着我的心，难道我的眼睛真正瞎了吗？我摸索着床、墙壁……我看不见，我发出一声绝望的叫喊，就奔跑到门口去。一个微弱的响声达到我的紧张的耳里，一股光亮照在我的脸上。呵！我能够看见我能够看见！

“喂，你发什么疯？滚去睡！你听见吗？”

我躺在床上，不动一动，也不作声，各种古怪的恐怖包围着我。……这一定是一个可怕的地方！这种苦楚——我不能够忍受下去。二十二年！呵，简直没有一点希望！我一定要死。我今晚就要死……我屏息着呼吸偷偷爬出床去。铁的床架响了起来，我便惊恐地爬了回来，假装在睡觉，周围依旧很静寂，禁卒并不曾听见我的声音。我虽然闭着眼睛，但是倘若禁卒提了那可怕的牛眼灯来，我一定会觉得的。我慢慢地把眼睛睁开，四周是非常黑暗。我在监房里摸来摸去，墙壁潮湿，又在发霉，气味就叫人作呕。……我不能够在这里住下去，我一定要死。就在今晚上……有什么白的东西在角落里发亮，我小心地俯下头去。这是一把调羹，我把它捏在手里，起初没有什么感觉，过后我就被一个极大的快乐压倒了。现在我有办法死了！我爬回到床里去，很兴奋地握住这把洋铁调羹，我用手摸我的胸膛，心跳得很厉害。我要把调羹尖压在这儿——像这样——我要把它戳进去——再稍微低一点——用力戳进去——恰恰在肋骨的中间……这金属是冷冰冰的，我的身子却是多么地热！我把调羹向着我的腰间轻轻插下去，我用手去摸调羹尖，这太钝了！我必须用力压下去。呵，这真是钝得厉害，只要我有一把手枪就好了，然而也许子弹会打不出来，就因为这个缘故福利克才得以不死，而我却必须死了，他在法庭上是怎样地望着我，他的眼睛里有恨，也有怕，他把头掉开，不敢看我，我看出来他好像觉得自己有罪似的，然而他究竟还活着，我不曾把他弄死。呵，我失败了，我失败了……

“喂，给我静下来，不然我要把你送进地牢去。”

这粗暴的声音使我吃一惊，我一定呻吟过了。我要把毯子拉来盖着我的头，——我做了。我先前正在想什么给打岔了呢？呵，我记起来了。他很健康，我却在这里。我没有弄掉他，他活着。自然，这也没有大关系，宣传的机会有了，这是主要的目的，然而我本来的意思是不让他活着的，而且我在法庭上的演说也失败了，他们骗了我，他们不把审讯的日期公布，他们怕我的朋友们会到场。检察官和推事打断我的话头，不许我说话，那种情形，真叫人气得发狂。我的演说辞还没有读出三分之一！没有一点用处，效果完全失掉了。那个翻译员不知道在干什么！那个可怜的老头儿！我改正他的错误时，他很不高兴。我还叫他读我的德文原稿，我不知道他原来是一个瞎子。……那个推事！他做得好像他和这件事情没有一点关系，他应该知道这判决就等于死刑。二十二年！他好像以为人可以在这可怕的地方活到二十二年以后！不错，他知道这个。他说过他要拿我来做一个例子儆戒别人。这个老混蛋！他一辈子就干这种事情，他还好意思问我，要我对着判决发表反对的理由，……分明是他禁止我说下去。他还说："法庭已经是很能容忍的了。"我很高兴我明白地对他说过：我不曾期待过公道，而且也不曾得着公道……

我把调羹捏在我的发颤的手里，我把尖头压在我的胸上，来试验肌肉的弹力。我想，用力戳一下就会把它戳进肋骨中间去。……

一——二——三——深沉的金属的低音在静寂里荡漾着，回响着，而且很有力量。突然间一切都活动了：上面、左右、四面八方，各样东西都带着生命颤动了。人在打呵欠，在咳嗽。椅子和床被拉动着，发出吵闹的响声。沉重的脚步在石地上面踱起来。远远地起了车轮转动的声音，就像在打雷一般，这声音愈来愈近，而且愈响亮了。我听见看守们的凶恶的命令声，又听见熟习的锁的响声，门正在开闭。现在轮子的声音变得很清楚了，那辆沉重的面包车带着一声呻吟在我的门前停下来。一个禁卒开了门，他的眼睛猜疑地、好奇地望着我，同时那个杂役夫递了一小块面包给我。我刚刚来得及把手缩回去，门马上就被关住，上了锁。

“要咖啡吗？拿你的杯子来！”

热气腾腾的咖啡从铁格子中间倾注到我那起锈的破洋铁杯里。监房很昏暗，杂役夫看不清楚，咖啡满溢出来，烫痛了我的赤脚。我发出一声痛楚的叫喊，就把杯子掷落在地上。借着走廊上的微光看来，这地面上就仿佛染了一团血迹。

“你这是什么意思？”禁卒向着我咆哮起来。

“我实在忍不住了。”

“你想玩点花样，是不是？好，我们要你赔出来。喂，散姆，”他招呼杂役夫道。“取消A七号的午饭，你听见吗！”

“是，先生。是，先生。”

“咖啡也取消。”

“是，先生。”

这禁卒还用憎恨的眼光打量着我，他的脸上露出了恶意。我不觉就往后退了两步。他的眼光便跟着落在我的光脚上面。

“你没有领到鞋？”

“我有。”

“我——有！哼！你不能够叫一声‘先生’吗？鞋领着了？”

“是。”

“把鞋穿上，你这家伙！”

他的嘴里嚼着烟草，舌头把那一大块渣滓从左颊卷过右颊来。于是呸的一声，一口棕色的浓痰落到我的脚上。“你这家伙，把鞋穿上。”

响声和喧闹停止了，脚步也消失了。在这黑暗的走廊上一切都是寂静，只偶尔有一两个人影晃过，默默的，就像鬼魂一般。

二

“向前，开步走！”

一长列的囚人，穿着条纹的囚衣，走着所谓连锁步伐，就像一条摇头摆尾的巨蟒向两边扭来扭去，它的黑灰两色的身体向前面移动着，然而看起来它不是在同一个地方。当每一个小队由看守率领着逐渐逼近而经过我的监房的时候，那一千多只脚在石板上击着整齐的拍子，并且带着轮流更迭的抑扬的音节。那些凶恶的脸，它们那种感觉迟钝的冷淡和带恶意的眼光很使人厌恶。有时也有一两个像样的面孔、聪明的眼睛，或者同情的表情，然而这却给那粗暴凶恶的行列添上了另一种特征，一只野兽被人追赶得没办法时露出的鬼鬼祟祟的样子。头埋着，右腕伸出去，手按着前一个人的肩头，大家穿着同样的黑灰两色横条纹的囚服，这些人好像是一架大机器上面的没有意志的齿轮，它们只是机械地跟着旁边的看守们的命令转动。

这整齐的步调渐渐地减低，终于带着最后几下空虚的脚步声在那通到天井去的两重门禁后面消失了。静寂的柩衣掩盖了整个牢房，在这铁石堆积成的建筑中间，我觉得十分孤独，十分寂寞，静寂用它的那种差不多可以触摸的重量压着我，我被活埋在窄小的墙壁中间。那大块的岩石落下来压在我的头上、我的腰上，我不能够呼吸，恶臭的空气闷得我透不过气来。呵！我不能够，我不能够在这里活下去！我不能够忍受这种苦楚。二十二年！这是一辈子。不，这是不可能的事，我一定要死。我要！就在现在！

我抓住调羹，就把身子往床上一倒。我的眼光在监房内四处漂荡，监房被廊上的灯光微微照亮着。白色的墙壁，因潮湿而发黄——床头有无数深红色的血斑——墙洞口密密麻麻地爬满了臭虫——一张小桌子和一把破椅子——污秽的地板，到处都是灰黑的点子……怎么，这是石头！那么我可以磨尖调羹了。我小心地蹲在角落里。那一把污垢盖满了的调羹在石头上轻轻地滑动着，到后来那一层油腻就被磨掉了，于是它擦擦地响起来。我用枕头来遮掩了这声音，那金属在我的手里发了热，我把那尖头在我的手指上划了一下，血滴到了地板上，伤痕是参差不平的，然而刀口却很锋利。我偷偷爬回到床上去，我伸手去摸我的心。我用刀口去挨那地方。在肋骨中间——这里——当他们看见我的时候，我一定死了……他们会看见我，身子冷冰冰地躺在床上——下面一大滩血——褥子会染成了红色——不，是深红色，而且血还会浸过干草去……我很想知道我究竟有多少血——我必须从这里打进去，不要错一点地方——要快，要用力——这不会有多大的痛苦，但是刀口粗糙不平——它会挂着我的肉，人说皮肤很结实，我必须使大劲才行，也许最好是把身子压在刀口上面吧？不行，洋铁会被压弯的，我要把它紧紧握住——像这样——然后用力一下子就戳进去——一直戳进心里——这是最妥当的方法。我一定不要把自己割伤——否则我会慢慢地冒出血来——他们不等我死就会发觉这件事情，不，不，我一定要立刻就死！他们会发觉我已经死了——我的心——他们会考验它——不跳动了——调羹还插在那里面——他们会叫医生来——“他已经死了。”爱玛、费加和别的朋友听见这消息——她会悲伤——然而，她会明白的。不错，她会高兴——他们不能够再把我关在这里来折磨了——她会知道我欺骗了他们——是，她……她如今在什么地方呢？对这事情她究竟怎么想法？她也会以为我是失败了吗？并且费加也？——只要我再能够得到爱玛的消息——就是一次也好！这会叫我死得更容易一点。然而她会明白，她——

“从床上爬起来！喂，你不懂规矩吗？起来！”

我大吃一惊，不作声就从床上跳下来。我一松手，调羹落在地上。它敲着地板，在石头上玎珰地大声响着。我站在看守的面前，我的心仿佛停止了跳动一般，这个高大汉子的讨厌样子看起来很熟，他的嘴上正露着一个讥讽的微笑。呵，就是早晨那个看守！

“你这狡猾的东西！把调羹给我！”

咖啡的事情突然在我的脑里浮现出来，嫌恶和憎恨充满了我的全身。我起初迟疑着。我必须把调羹藏好，我不能失掉它——我更不能够把它交给这个畜生——

“所长，请到这里来看！”

我被拖出了监房来。那个高大的看守仔细地把调羹查看了许久，一个带恶意的狞笑偷偷地上了他的脸。

“所长，请看。就像一把剃刀那样地锋利，倒很不错。”

“费林士先生，把他带到典狱那里去。”

三

在那连接南北两监房部的圆厅里，我看见了典狱。这个人站在一张高高的写字台前面，带着一身的瘦骨和两个弯曲的肩头。他的脸就像一张黄色羊皮纸上面起了密密麻麻的皱纹。一根弯曲的鼻子悬垂在两片紧闭的薄嘴唇上面。他的钢铁似的眼光冷冷地而且凶恶地在我的脸上盘旋。

“这是谁？”

这个低微的差不多带女性的声音把他的死人一般的面孔和身子衬得更显眼了，这对比是很可惊的。

“A 七号。”

“看守，什么罪名？”

“有两个罪名，麦克潘先生。躺在床上和寻自尽。”

一种带了恶魔的满足的微笑慢慢地布满了典狱的枯槁的脸，他右手的不灵活的长指头拘挛地动着，好像在不住地敲一块想象中的木板。

“不错，哼，哼，不错。A 七号，两个罪名。哼，哼。他怎样地寻——哼，哼——寻自尽呢？”

“用这把调羹，麦克潘先生。就像一把剃刀那样锋利。”

“不错，哼，不错。寻死。我们这里并没有，哼，哼，寻死这种罪名。锋利的调羹，哼，哼，这是一个重大的犯罪。我以后再来处置它。至于白天躺在床上这种犯规的行为，哼，哼，关三天。看守，带他下去。他会渐渐安静的，哼哼。”

我很疲倦，没有一点气力。一种完全不关心的感觉占有了我，我模糊中微微觉得禁卒们带我走过黑暗的走廊，拖着我走下一些险峻的阶梯，又把我的衣服剥掉一半，最后就把我推进了一个黑洞。我这时头昏眼花，我的头脑旋转着，我身子摇晃地走了几步，便跌倒在地牢的石板上面。

地牢里充满了光亮，这刺痛着我的眼睛。有什么人俯着头在看我。

“有点发热。还是把他带到监房去好些。”

“哼，哼，医生，他在处罚期间呢！”

“麦克潘先生，这不大安全。”

“那么我们以后再处罚他。哼，哼，看守们，把他带到监房去。”

“起来！”

我的腿似乎麻痹了，它们不肯动。我被人抬起来，抬到上面去，经过一些走廊和厅子。最后就被人重重地抛掷在一张床上。

我觉得身子很弱。也许我现在就要死，这倒很好。然而我没有武器！他们把那调羹给拿走了，监房里没有一件东西可以供我使用。铁格子门！这些铁条——我可以把头撞在这上面。但是呀！这样的死法太可怕了。我的头盖会撞破，脑髓会迸出来……然而铁条是很光滑的，撞一下就会把我的头盖撞破吗？我怕第一下不过会带点伤，而我却没有气力去撞第二下了。只要我有一支手枪，那么事情就会很容易很迅速地了结了。我常常这样想过，我应该选取“给枪打死”的这种死法。枪口对着额角——子弹决不会误发的。有些人还是对着镜子这样开枪的，然而我没有镜子，并且我也没有手枪。……从嘴里打进去也是致命的……那个莫斯科学生——他叫做鲁索夫，不错，伊凡·鲁索夫——他是对着嘴开枪自杀的。自然，他为着一个女人自杀，是太愚蠢了，但是我佩服他的勇敢。他非常冷静地准备了一切，他甚至留下一个字条，说把他的金表送给房东太太，因为（他自己这样写）子弹穿过他的脑子以后出来，也许会把墙壁损坏。了不得！事情果然是这样。我看见子弹嵌在沙发旁边的墙壁里面，伊凡躺着，他的样子是如此安静，如此和平，我还以为他是在睡觉。我常常看见他教完我们的功课以后就这样地在我哥哥的书房里睡觉。他真是一个好教师！我还记得，母亲给我介绍他说："沙夏，伊凡·尼古拉维奇要在暑假里教你拉丁文，"我一看见他，马上就喜欢他了。他和我握手，捏得那么紧，就像一把钳子夹住一样，我的手整整痛了一天，然而我很高兴我没有叫出声来，我为这事情更佩服他。我觉得他既然有这手劲，那么一定是一个强健勇敢的人。当我把这事情告诉母亲时，她只是微笑。她说，她的手也有些痛，姊姊却微微红了脸，她说“大概颇有劲”。哥哥马克辛看见他的同学给我们一家人一个很好的印象，他觉得非常高兴。“我不是对你们说过吗？”他快活地叫起来，“伊凡·尼古拉维奇是一个聪明勇敢的孩子！你们想想看，他只有二十岁。他明年就毕业，他是自从大学开办以来最年轻的学生。真是个聪明勇敢的孩子！”然而马克辛把子弹带回家里来，那时他的眼睛又哭得多么红。他说，他要把这颗子弹保存一辈子，这是他亲手从伊凡·尼古拉维奇的房里墙壁上挖下来的。吃午饭的时候，他打开那个小匣子，拨开棉花，把子弹露出给我看。姊姊发了歇斯特里，妈妈责备他太残忍。“为了一个女人，一个下贱的女人！”姊姊这样呻吟起来。我想他为了一个女人的缘故自杀太愚蠢了，我觉得有些失望：伊凡·尼古拉维奇应该是一个更勇敢的男子。众人都说那女子很漂亮，是科甫诺的著名美人，她身材高，举止端庄，然而我觉得她走路的姿势太不自然，她好像有点忸怩，有点做作。母亲说我太年轻不应该谈这种事情，倘使她知道我爱上了姊姊的同学拉地亚，她一定会大大地吃惊的。我还吻过我们的侍婢。那个小罗沙——我记得她恐吓我说要去告诉母亲，我非常害怕，我不敢去吃午饭。妈妈打发婢女来叫我，但是我直等到罗沙答应不告诉人以后才肯去。……那个可爱的女孩子，有着红苹果似的脸颊，她的心真好！然而这个小丫头守不住秘密，她告诉了达塔尼亚，这是我们隔壁那位中学拉丁文教员的厨子。第二天那教员就拿婢女的事情来取笑我，他还在班上当着全体同学取笑我，我只希望地板会张开口把我吞下去。我羞愧得没有办法。

……这一切似乎去得远远的了，就像隔了几个世纪一般。我不知道她现在成了什么样子。罗沙如今在什么地方？呵，她一定在这里，在美国。我差不多忘记了——我在纽约遇见过她，这真是想不到的事。我正站在我寄宿的那所公寓的门口，那时我在美国才只有几个月，一个年轻的女士走过我面前，她望着我，随后就转身走上了石阶："你不认得我吗，柏克曼先生？你真正不认得我吗？"我想她也许认错了人。我以前绝没有看见过这个又漂亮又时髦的年轻女人。她要我走进里面门厅去谈几句话。"不要告诉这里的人，我是罗沙。你不记得吗？你知道，我是你母亲的——你母亲的丫头。"她的脸通红起来，那一对红的脸颊——不错，这是罗沙！我想到了那次的偷吻。"我现在还敢吗？"我正想着，突然我就明白了我如今穿的是多么褴褛的衣服。她好像很走运，我们两个的地位完全变过了！她看起来简直是一位小姐，就和我姊姊相像。她问我："你母亲在这里吗？""母亲？她死了，是在我离开家乡以前不久死的。"我耽心地望着她。她还记得我母亲打她时的那种可怕的景象吗？"我简直没有得到你母亲的一点消息。"她的声音变成了嘶涩，我看见一滴泪珠在她的眼里发光。这可怜的姑娘她永远是如此大量，如此好心肠。我应该为着我母亲虐待过她的事情向她谢罪。我们两个彼此望着，觉得很难为情，过后她伸出一只戴着手套的手。我觉得这只手很大，也许还很红。“柏克曼老爷再见，我以后要来看你，请你不要告诉那些人我是谁。”她说完，我们就分别了。我感到一种羞耻和犯罪的感情。柏克曼老爷，老爷这个字眼她用的是俄语的 gospodinl，听起来就使人联想起那个奴隶性的 barinya（太太）这个称呼，在我们家里仆人们就用这个来称呼我母亲，不管她打扮得多么漂亮，罗沙始终没有忘掉那个称呼。她受那种影响太深了，可怜的女孩子，她不能够把自己解放过来。我从没有看见她参加我们的会，她一定是一个守旧派。她完全没有知识，她连字也不认识，也许她在美国学会了读书识字也说不定。那么她现在会在报上读到我的事情，她会知道我是怎样死的……呵，那调羹给人拿走了！我究竟怎么办？我不能够活下去。我不能够活下去，我不能够忍受这种折磨，倘使我的刑期只有七年，我便会努力捱过这个时间。然而我现在无论如何做不到。我可以在这里活一两年，但是二十二,二十二年！这有什么用，没有人能够服满二十二年的刑期。二十二年，太可怕了！他们的鬼公道——他们开口闭口总谈着法律。然而依法律来说，我的刑期至多不该超过七年，他们要拿我做一个例子来儆戒别人，我事前自然也料到。然而二十二年——这等于整整的一生了。在这地狱里，一个强壮的人可以活到五年，恐怕还要是一个很强壮的才行，我知道我不能够，我至多会活两三年。我和爱玛、费加，我们三个人从前常常谈到这事情。那时我想象中的牢狱生活是这么奇怪的：我被关在一个可怕的黑洞里，坐在地上，手足都加上镣铐被锁在墙上。虫豸在我身上爬来爬去，慢慢地蚕食我的脸和眼睛，而我自己被锁在墙上，完全没有办法，爱玛和费加也有着这同样的观念。她说她只可以在牢里活几个星期；我想，我可以过一年，但这还没有把握。我想象着我怎样用脚把虫豸赶开，它们吃尽我的肉一直吃到我的心，总要经过长久的时间，那时我便完结了。……这里也有蚤虱，那些棕色的大臭虫，它们和那些虫豸一定不会是两样，又凶又饿。也许这里也有虫豸，在地牢里一定有，我的脚上还有一块伤疤，我不知道这事情是怎样发生的。

在地牢里面我完全失了知觉。地牢，那个黑洞就和我从前想象中的监狱没有两样。那里太可怕了，我恐怕在里面连一个星期也活不到。这里稍微好了一点；然而在这个监房里永远没有阳光——永远是半明不暗的，而且又小又窄，没有窗户，很潮湿，时时发霉臭。墙壁又湿又黏，还有无数的血斑。臭虫，——呸！真叫人发呕，比起关在黑洞里手脚都锁在墙上的情形来，也好不了多少。所好的只是我的手脚还没有被锁住。我也许会在这里活个三五年，至多不过五年吧。但是那些野蛮的禁卒！不，不，我不能够忍受下去。我想死！总之我不久就会死在这里，他们会把我杀死。然而我不能够使他们得到这个满足，我不会让他们夸口说他们在牢里拷打我，或者杀死我一类的话。不！我宁愿自杀，我要杀死我自己。我要把头去碰铁格子——不，不是现在！等到晚上，完全黑暗的时候——那时他们便不能把我救活了。这种死法很可怕，然而我一定要做……倘使我能够知道爱玛和费加他们在纽约的情形，——那么我会死得更容易……在这事件里他们怎样行动，我不知道。他们会利用它来作宣传吗？……

“晚饭！要咖啡吗？拿你的杯子来！”杂役夫在门外叫道。突然他低声说：“抓住它，快点！”就把一件又长又暗的东西从铁格子缝里掷了进来，落在床脚旁边。那个人走了，我拾起包裹来，这是用褐色纸紧紧包着的。这会是什么东西呢？我拆开包皮，里面还有两层旧报纸；过后一件白色的东西便进了我的眼帘，原来是一张毛巾！但里面还有什么圆圆的坚硬的东西——这是一块肥皂。当我猜想着是谁送了这东西来的时候，一种感激的念头偷偷地进了我的心里。要知道，这里至少还有一个人把我当作朋友看待，这也是很好的事情。也许这牢里有什么我认识的人。但是他怎么能够得着这些东西？这些东西是不违反狱规的吗？这毛巾又精致，又柔软，可以给我减少一点那坚硬的干草褥子的痛苦。在这里一切都是非常枯燥，非常粗暴的——言语、禁卒……我用毛巾擦我的脸，这使我觉得有点舒服。我应该洗脸——我的头很沉重——我到这里来，还不曾洗过脸。我是什么时候来的？让我算算看，今天是什么日子？我不知道，我不能够用思想。但是我的审判——那是在礼拜一，九月十九日。他们在那天下午，不，是在晚上，把我带到这里来的。并且那个看守——他用牛眼灯照我，使我大吃一惊。这是昨夜的事吗？不，这一定久得多。难道我只是从昨天起才到这里来的吗？怎么，在我却觉得已经是这么长久了！这会是礼拜二吗？只是礼拜二？下一次杂役夫经过的时候我一定要问他。我还要问明白是谁送了这毛巾来的，也许我可以从他那里要到一杯冷水喝，或者这里就有——

我的眼睛渐渐习惯于监房里的微暗的光线了。我可以把物件辨别得很清楚。这里有一张小木桌和一把旧椅子，便器在那最远的角落里。差不多被床掩住了！在便器的旁边，正对着门的一堵墙壁的中央，有一个小小的圆盆，上面塞着一只木栓。水温热，里面有不少泥土，然而还新鲜。我用毛巾擦我的脸，这使我很兴奋，沸腾着的血液带着一种悦耳的声音在我的血管里循环。忽然我的脸被一根锋利的刺刺痛了，这好像是一根针。原来有一根扣针插在毛巾上面，我把它抽了出来，这时候有什么白色的东西扑到了地板上。一张字条！我一面留心听着有没有脚步声，一面匆忙地读着那铅笔写的字迹：

“你读了这个不要忘记马上就把它撕掉，这是一个朋友写给你的。我们要干一桩大事，你可以加入。我们晓得你靠得住。准备好，让你的灯夜里点着。[①] 当心“螺旋钉”[②] 和“凳子”[③]，他们比猎狗还坏。牢里到处都有他们，不要随便说话。再见，明天再碰头。——一个忠心的朋友。”

我小心地反复读着这字条。这种古怪的话语弄得我莫名其妙。我含糊地推测它的意思：显然有人在计划逃狱的事情。当我想着种种的可能性的时候，我的心跳动得非常厉害。倘使我能够逃走……呵，我用不着死！为什么我先前不曾想到这事情呢？这会是一件

① 大概是“随时小心提防着”的意思。

② 这是“禁子”，不是“螺旋钉”。

③ 这是“奸细”，不是“凳子”。

多么光荣的事情。……自然他们会搜遍全国来搜索我的踪迹，我应该躲藏起来。但是这有什么关系呢？我会得着自由。而且会有多么大的效果！这一定会是个大大的宣传。人们会非常关心这事情，并且我——我还会有新的机会——

猜疑的阴影突然罩在我的快乐的思想上面，用绝望来压倒了我。也许是一个圈套！我不知道这字条是谁写的。我自己干惯了结党谋叛的事情，不能够这么容易地给人欺骗。但是他们为什么要用圈套来陷害我？而且是谁干的事？一个禁卒吗？这是什么用意呢？然而他们本来就是很卑鄙、很残酷的人。那个高大的看守（所长叫他做费林士先生），他好像很不高兴我。这也许是他干的事情，要使我碰到一些麻烦，难道他真的干出这种卑鄙的事情？这类事情是有的——在俄国就有这种流氓，他的样子活像一个奸细。不，他不会用这种手段对付我。我应该把字条再读一遍，这上面有许多字眼我不懂得。我应该让我的灯夜里点着？什么灯？我的监房里并没有灯，我可以在什么地方找到灯呢？并且我应该留心什么“螺旋钉”呢？而且‘凳子’——我这里只有一把椅子，我为什么要留心它？也许这可以用来做一件武器。不，这一定有别的意思。字条上面还说那个人明天要找我，我会从他的面孔上看出来他究竟是不是可靠。不错，不错，这是最好的办法。我要等到明天。呵，我希望明天马上就来。

求生的意志

一

在监房的阴暗里日子一天天地挨过去，就像没有止境一般。锣声拿它那沉闷的单调支配着我的生存。但我的思想的进路却被那神奇的通信者的字条改变了。我等着那个人到我这里来，却白白等了许久——然而那逃狱的暗示却给我生出了希望。求生的意志开始确定了，而且是一天天地更加强烈起来。我很觉得奇怪，我的自杀的念头渐渐减少了，至多也不过偶尔匆忙地略略想一下，就抛开了。我很惧怕自己毁灭的思想。

我镇静了我的纷乱的心曲；我决定先把逃狱的种种可能性完全试过再说。……要做这种事情是要费去相当长的时间的。第一我们必须对这个新环境熟习，明白牢里的各种情形。我在这方面不会有过什么机会，牢中当局把我关在独房里面，显然是一种政策，使我因此便不能知道什么走廊、两重门、螺旋形过道等等的这种错综繁杂的组织。即使他们释放我，要是没有人指路，要找路出去也很困难。呵，要是我能有我昨夜梦见的那只魔术戒指，那是多么快乐的事情！我在梦里幻想着这是革命女神的符咒。我把她看得十分清楚：很高大，很威严，她的眼睛里射出来那种征服一切的爱的光辉。她站在我的床前，她的尊贵的脸上充满着极其温柔的微笑。她把手向着我伸过来，一半是祝福我，一半是指着那暗黑的墙壁。我急切地向着那方向看去——那里，在一个小孔里面，有什么亮东西在发光，就像早晨阳光中的一滴新鲜的露珠。原来是一只心形的戒指嵌在中央。这些闪烁的光线拿一种大希望的光轮把这暗黑的角落照亮了。我一时感情爆发，不能自已地伸手去抓住那只戒指，把它紧紧地捏成一团，呵，那时候光线马上发出火来，火光四散，火舌向四处伸去，立刻溶化了钢铁，销毁了狱墙，使我看见绿的田野，青的树林，还有那一群一群的男女愉快地在自由的阳光下面劳动，这一幕令人高兴的景象，随后就被什么东西驱散了。

呵，倘使我现在就有着那只魔术戒指呵！逃狱，自由！也许我的那未知的朋友会实践他的约束。他也许是在完成他的计划，或者是他没有机会来看我。……然而爱玛和费加决不会相信逃狱的可能性。……可怜的爱玛，她一定很悲伤！他们没有信来。我被移到惩役所已经有四天了。我每天焦急地等着教诲师来，这里的信件都是由他分送的。呵，现在他来了，他那兴奋的快步子我耳朵已经听惯了。我怀着希望倾听着他的一举一动，我认得他那用力关门的声音和接着而来的弹簧锁的响声。他那短促的脚步从上层圆厅通到监房部的桥上清晰地响着，走过了回廊。这孤寂的脚步声响在静寂里，就像一个人深夜经过墓地时的那种胆怯的匆忙的样子。教诲师现在站住了，他在核对信封上面的号数和监房门口挂着的木牌的号数。究竟还有人记忆起一个关在牢里的朋友。脚步声继续着，渐渐变成微弱，这时候送信人正绕到远远的那一角。他走过对面那一排监房，登上最高的一层，最后他才到了底层，我的监房就在这里。他那脚步声愈逼近，我的心也跳得愈快。我想我一定有信。他走近我的监房了——他停住了。我还看不见他，然而我知道他是在对号数，也许这封信就是给我的。我希望教诲师不要弄错，K 排，第六号监房，A 七号，一件轻的东西扑落在隔壁监房的地板上，同时那短促的快步子走过了我的监房。我没有信！我又得多等二十四个钟头了，可是那时候也许这微暗的影子依旧不会在我的门口站住的。

二

一想到我的二十二年的徒刑，我就变得完全绝望了。我无论如何总要设法逃出这个地狱，恢复我的自由。自由!……席——席!

这是教诲师的声音!也许他今天会给我送信来。……恐怕我的朋友们的来信都被他扣留了。或者这是典狱干的事情，因为信袋先要在典狱的办公室里面经过检查。现在他走下我们这底层来了，他停了脚步，一定是第二号监房有信，他又向这方面走过来。他的影子落在我的门口——然而他走开了!

“教诲师，请你，只要一下子的工夫。”

“谁在叫我?”

“教诲师，这里，K 排第六号监房。”

“孩子，什么事情?”

“教诲师，我想找一点书来读。”

“读书?我们有一个很好的图书馆呢!真正很不错。我下次给你一本目录，你每礼拜可以借一本书。”

“我错过了这一排监房的借书的日子，我还得等一个星期。但是我这时候想找本书来读。”

“孩子，你没有作工吗?”

“没有，教诲师。”

“是你不肯作工吧？”

“不是，人家还没有叫过我去作工呢！”

“呵，好，不久就会派你去作工的。孩子，你忍耐一下吧。”

“但是你现在可以找本书给我读吗？”

“你的监房里面没有一本《圣经》？”

“一本《圣经》？教诲师，我并不相信它。”

“孩子，你读读也没有害处。它对你会有好处的，你读读看。”

我迟疑了一下。一个绝望的思想掠过我的头脑。

“好吧，教诲师，我要读《圣经》，但是我不要读那近代英文的译本。你大概有一本附着希腊文或拉丁文注解的吧。”

“怎么，孩子，你懂得拉丁文，希腊文？”

“是，我研究过古文。”

教诲师似乎很受感动。他走近几步，靠在我的铁格子门上，看他那样子，好像是预备和我长谈一般，我们开始谈起话来。我们谈着古文学，谈着我的知识的来源，谈着俄国的学校，谈着社会情形。这个监狱教诲师是一个有趣味而且有学问的人，他又是一个脚迹广遍的旅行家，他到过俄国，觉得那个国家有很大的希望。最后他向着一个禁卒招呼道：

“让A七号跟着我去。”

那看守用猜疑的眼光看了我一下，就开了门上的锁，一面问：“教诲师，要我跟去吗？”

“不，不。这就行了。孩子，来吧。”

我们经过一排空监房，上了楼梯，到上层的圆厅里去，教诲师的办公室就在圆厅的左边。我很激动，很留心周围的情形，把它们全都仔细地看在眼里，一点也不肯放过。我在表面上装出全不关心的样子，其实我却偷偷地注意着教诲师的一举一动，我看见他从手里捏着的一串钥匙里面拣出圆厅的钥匙，拿来打开了门。一种对于自由的热烈的渴望折磨着我。逃走的计划在我的心里成熟了。全监牢的钥匙——教诲师都带得有——他住在监狱隔壁的典狱家里——他又是这么衰弱——我可以毫不费力地把他打倒——圆厅里没有一个人——我会闷住他的叫声——夺过钥匙来——

“孩子，坐吧。你坐下，这里有一点书，你且找找看。我有一本我自己用的《圣经》的誊本，是附有注解的，这一定在这里面。”

我望着他把那一串钥匙放在写字台上，我的眼睛里快要冒出火来了。我只要动一下，就可以把它们拿到我的手里来，那一把又大又重的钥匙，一定是开大门用的。它是那么大——用它在他的头上打一下，就会马上弄死他。呀，这里还有一个柜子！教诲师正在拿什么书出来，他的背向着我，只要推他一下——我就会把他关在那里面……我偷偷地挨近写字台，我的眼睛定在钥匙上。我俯在钥匙上面，假装专心在看一本书，同时我的手小心地慢慢儿向前面伸过去，我很快地把身子斜靠下去，我手里捧着的那本摊开的书就把钥匙完全掩盖了。我的手摸着钥匙，我下了一个决心把这一串沉重的钥匙捏在手里，我的手慢慢地举起来。——

“孩子，我现在找不着那本《圣经》，我另外给你找一本别的书。我很同情你。我虽是一个国家的官吏，然而我以为他们对待你很不公道，你的刑罚太重了。在这动乱的时代里鼓舞起你这一个年轻热心家的那种心情，我是很能够了解的。这与和姆司德有关系是不是？”

我倒在倚子上，像受了一个重大的打击，我的勇气完全失掉了。那种深切的同情的调子，那种真挚的战抖的声音——不，不，我不能够挨他……

一线光亮

我渴望着交结一两个朋友。便是只看见一个人影子也会使我觉得安慰。每天早晨吃过早饭以后，我总是热心地倾听着走廊地板上的熟习的扫帚溅水声，这是那个老杂役夫在洗地板。这独臂的犯人动着嘴轻轻地在吹哨，用他的左手舞动扫帚，把扫帚的柄端挟在腋下。

“喂，亚历克！你今天怎么样？”

他站在墙壁的那一头，就在我的监房对面，扫帚的动作也中途停止了。我偶尔碰见他那和善的蓝眼睛的注视，他的头不住地向左右转动，时时提防着禁卒走来。

“亚历克，你好吗？”

“呵，平平常常。”

“我知道这是怎么一回事，亚历克，我是经过了这磨练来的。你不要心焦，你的事不要紧，老朋友。你还很年轻呢。”

“然而已经老得可以死了，”我苦恼地说。

“嘘！不要说得这么响！‘螺旋钉’的耳朵很尖。”

“螺旋钉？”

大的希望在我的心里波动着。“螺旋钉！”那张不可思议的字条里面有这个费解的字眼——也许就是这个人写的。我异常焦急地注视着这个杂役夫。他把背向着我，埋下头来，突然动起扫帚，以短而快的动作急急地扫地。“嘘！”当他走过我的监房这一面的时候，他头也不掉地这样警告我。

我注意地倾听着。除了那有规则的扫帚声外，没有一点声音。然而一个老犯人的有经验的耳朵不会错误。一个长影子落进厅子来，那个带着凶眼睛的高大的禁卒站在我的门前。

“你在窥探外面做什么？”

“我并没有窥探。”

“不许你抗辩，滚回你的洞里去。不许你靠在门上，你听见吗？”

禁卒向着厅子那边叫道：“喂，你这废人！你在这边讲话，是不是？”

“先生，不是。”

“不许你对我说谎。你一定在讲话。”

“我敢赌咒说我没有讲话。”

“好，要是我捉到你和那条猪说话——我会叫你知道好歹的。”

扫帚的声音停止了。杂役夫在掸灰尘。掸帚的响声近了。那个人又站在我的门前，他的头东张西望，一面勤快地动着那把掸帚。

“亚历克，”他低声说，“当心那个‘螺旋钉’，这是说那个看守，他是一个——你看见他刚才骂我吗？”

“要是他看见你和我讲话，他会把你怎样呢？”

“你知道，他会把我丢进地牢里去。我还要失掉我的工作。”

“那么你还是不和我讲话好。”

“呵，我不怕他。他不能够捉到我，他不行。他并没看见我和人讲话，他不过骇骇我罢了，然而我不怕。”

“然而你也得小心。”

“不要紧。他现在已经走出到天井里面了。除了吃饭时间外，他在监房部里本来就没有事情，他不过给别人找点麻烦。他是个卑鄙的坏蛋，这玉麦面包汤姆。”

“谁？”

“就是禁子费林士。我们叫他做玉麦面包汤姆，因为他偷我们的硬饼干。”

“硬饼干是什么？”

“哈，哈。每礼拜二和礼拜六我们有一块玉麦面包当早饭吃。这自然很少，可是却比那陈‘胖克’好一点。你知道‘胖克’是什么意思？你还不大懂我们的话，是吗？面包叫做‘胖克’，还有些漂亮的孩子也叫做‘胖克’。”

他快活地笑起来，仿佛说出了很巧妙的趣话似的。突然间他闭了嘴侧耳听着，带着很小心的样子急急地蹑起脚走开了。过了几分钟他又回来，低声说：

“完全好了。路也干净了。汤姆给唤到工场里去了，要到吃中饭才回来，谢谢上帝。只有那个密切尔老头儿在监房部里，他管着这一排。这叫做北部。”

“那么南部是妇人住的地方吗？”

“不，女人另外有房子。南部是新的监房部，刚刚修好。已经挤满了，天天有‘鲜鱼’[①]进来。匹兹堡法院真算得勤快。你这儿有熟人吗？”

“没有。”

“好，亚历克，那么想法去认识几个，这样可以有点趣味。你需要的就是找几个朋友，孩子，我知道你觉得怎样。我刚到这儿的时候，我也很想死，太闷了。一个家伙劝我不要灰心，想法去认识朋友。我想他是

---

① 鲜鱼：指新犯。

在打我的主意，可是他却是个规规矩矩的老实人。亚历克，你得认识几个朋友，你不去认识朋友，你会吃亏的。我现在要跑开了，再见。我的名字叫独臂。”

“独臂？”

“在这里别人都叫我这个名字。我是个老兵，打过仗。我跑得太快，所以打掉了我的右膀，哈，哈，哈！再会。”

我每天焦急地等着和独臂偷偷讲几句话，只有这事情打破我的生活的单调。然而一连过了好些日子，我们都没交谈过一个字。那个独臂的囚人默默地走过去，好像他已经忘却了我的存在，而我却怀着跳动的心从铁格子里窥视他，想在他的脸上找到一个安慰的认识的记号。只有他那眼睛的迅速的眨动使我知道他还关心我，而且警告我当心那个在旁边侦察的禁卒。

渐渐地靠了独臂的聪明，我们居然可以时时交谈几句，我因此得了许多监狱里的有价值的消息。独臂说，同囚的人都同情我，他们知道我是“规规矩矩的人”。我一定可以找到朋友，然而我应当留心“奸细”，他们会把任何事情都报告给看守听。每个囚犯的历史，独臂都很熟悉。他说大多数的人都“腐烂”了。特别是守夜的看守“凶，并且是个侦探”。夜里南北两监房部每部守夜的禁子只有三个，然而白天往来活动侦察的人却有一百多个。独臂答应做我的朋友，并且还要给我“指示更多的门径”。

工场

一

我和十二个犯人排成一列，站在典狱办公室的前房里面。我的眼睛第一次当着白天的光亮看见我身上的条纹布囚衣，这时候我真是被羞愧压倒了。我被弄得变成了一只畜生！一个穿条纹布囚衣的犯人给我的第一次印象还十分明显，他像一只危险的野兽。我总觉得他又像一只母老虎——我现在一定也成了那种样子。

圆厅的门打开了，现出来典狱瘦长的身子。

“举手！”

典狱慢慢地走过这个行列，时时把举起的手仔细看一下。他把我们分成几群，然后指着我在里面的这一群，用他那带女性的调子说道：

“都没有残疾。看守，把他们，哼，哼，带到第七号去，把他们交给胡兹先生。”

“排队！向前，开步走！”

我到底被派去作工了！我要仔细研究“第七号”的性质，看看从那里有没有逃狱的可能性。我们被禁卒们在旁边押着，用紧密的连锁步伐走过了天井。墙头的哨警们把枪松松地架在弯着的膀子上，望着我们这个像蛇一般在露天里转动的行列。天井宽大而清洁，草地也弄得很整齐，很漂亮。在监房里关了两个星期第一次出来呼吸新鲜空气，这事情很厉害地鼓舞起了我的求自由的渴望。也许在工场里我会找到逃走的机会，这思想就使我的观察变得更灵敏了。我看见南北两个监房部构成了一个平行四边形，东、南、北三面都围着石墙，工场、厨房、病院都在这里面，在极南的一端还有女犯部。

“散队！”

我们进了“第七号”，是一个蓆子工场。这是一个阴暗的，天花板很低的房子，窗户小而且是格子窗，我很费力地辨认出了里面有些什么东西。空气里充满着灰尘，织机的响声震得人耳聋。一种吵闹而忧郁的氛围弥漫了这个房间。

管理这工场的看守把我派到一个瘦长的犯人正在使用的那架机器的旁边。“吉姆，你告诉他怎样做。”

过了一些时候，吉姆完全不理我。他低低俯在机器上面，仿佛专心在工作，他的手敏捷地动着梭子，脚踏在踏板上。不久他粗鲁地低声说：

“‘鲜鱼’吗？”

“你说什么？”

“你这家伙，在这儿久不久？”

“两礼拜。”

“多少年？”

“二十一年。”①

① 外有一年在习艺惩戒所内作苦工，共二十二年。

“你瞎扯。”

“我说的真话。”

“真的？呵！”

织机的梭子不停地飞来飞去。吉姆沉默了一会儿，于是猝然问道：

“他们干吗把你弄到这儿来？”

“不知道。”

“你爱闹事？”

“没有。”

“那么你有神经病？”

“为什么？”

“这是个疯子工场。他们送来的人不是疯子，就是要叫你在这儿发疯。”

“你是怎样到这里来的呢？”

“我该死——他们叫我来发疯，你看见吗？”他指着他的太阳穴的一个深的伤痕。“我跟几个禁子相打，他们差点就把我打死了。就是那个胖家伙，皮·胡兹。我要向他算账，好，天罚他的狗灵魂，我要杀死他。

我赌咒，定要杀死他，反正我也会死在这儿。”

“也许这倒不坏，”我试着来鼓励他。

“这不坏，嗳？你晓得些什么？我的痨病很厉害，每晚上吐血。这些灰尘会杀死我，你也逃不掉，快得很。”

这时候他起了一阵剧烈的干咳，好像他故意用这来加重他的语气一般。

同时梭子又给蓆子的须头缠结住了。他止了咳，喘过气来，便抓起他手边的刀子，很灵巧地割几下就把那金属的梭子弄了出来。那根发光的东西又动来动去，吉姆也专心做他的工作。

“不要再缠我，”他警告我说，“我的工作给耽误了。”

他的全部筋肉紧张起来，他的长身子俯在织机上面，轮流地一推一拉，他用了全力打算赶快弄完这天的工作。

看守走近我们的身边。他把头向我点一下，问吉姆道：“他做得怎样？”

“他很不错，不过，胡兹，这里用不着这孩子。他有二十一年刑期。”

“收拾起你那鬼把戏！”看守气愤地回答道。吉姆依旧埋下头去作工，只是畏怯地偷看着禁卒手里举着的那根棍子。

禁卒刚转身，吉姆就哀求起来：

“胡兹先生，我教他做工耽误了工夫。请你宽放一点吧！这工作我真做不了，我又生病。”

“胡说。吉姆，你什么病也没有。你只爱偷懒，这就是你的毛病。你不要装病，这骗不过我。”

正午的时分看守把我叫在一边。“你是新来的。这里的情形你还不熟，”他警告我道，“不要理吉姆。他喜欢捣乱，我们把他处罚过，他现在倒好了。你的时间长，你自己要好好地做。这里不是玩要的地方，你懂吗？”

当我去排队准备回监房里吃中饭的时候，他还叫我回去说：

“亚历克，你得当心吉姆那个家伙。你知道，他有点神经病。”

他怀了特别用意地旋动着手指，指着我的头。

二

蓆子工场弄坏了我的健康，灰尘使我的喉管发炎，我的眼光在这永远是阴暗的屋里也变弱起来。管理工场的看守对我的工作进步迟缓屡次表示不满意。他昨天还警告我说：“我再给你一个机会，要是你下礼拜再做不出一张好蓆子，你就进地牢去。”他又严厉地叱责吉姆，说他教我做工并不负责。吉姆正要回答，却被一阵厉害的咳嗽拦住了他的话。他的瘦削的面孔变成了绿黄色，然而过了一刻他似乎缓过了气来，又默默地继续工作。我忽然看见他紧紧抓住架子，脸上带了恐怖的样子，他开始在喘气，接着就有一股黑血从他的嘴里喷了出来，他倒在地板上面。

织机的响声继续着。在隔壁一架机器旁边作工的囚犯偷偷地把那个倒在地上的身体望了一眼，过后又埋下头去继续工作。吉姆不动地躺在那里，他的血把地板染成了紫色，我连忙跑到看守的面前。

“胡兹先生，吉姆——”

“滚回去，混蛋！”他对着我叫起来。“你怎敢不得许可就离开你的地方？”

“我刚刚——”

“我叫你滚回去！”他怒吼着，一面举起他那根粗重的棍子。

我回到了我的原位。吉姆静静地躺着，他的嘴张开，脸上没有一点人色。

看守一步一步地慢慢走近了。

“这里有什么事情？”

我指着吉姆。他看了看那个昏迷不醒的人，然后用脚轻轻地去踢那个血迹模糊的面孔。

“起来，吉姆，起来！”

那个没有知觉的头往侧面一滚，撞在织机的脚上。

“他大概不是装假。”看守这样地自言自语，过后就向着我伸出了手指威吓道：“不准你没有命令就离开你的地方，记着，你！”

过了许久，我耽心吉姆已经被人忘掉了的时候医生来了。这是南金先生，高级狱医，一个矮胖的人。他叫人把吉姆抬到病院里去，他还问道：“有什么人看见这个人倒下去吗？”

“这人看见的，”看守指着我回答道。

当我对医生叙述那经过的时候，他却好奇地望着我，后来他便问我的姓名。“呵，那件大名鼎鼎的案子，”他微笑道。“我和福利克很熟，他决不是那种坏人。但是你在这里也得受优待。柏克曼先生。你知道，这是一个民主主义的机关。再说，你的眼睛怎样了？它们在发炎。老是这样的吗？”

“这只是在我到这个工场里作工以后才引起的。”

“呵，医生，他没有病，”看守插嘴说。“他在这里还只有一个礼拜。”

南金先生嘲笑地看了禁卒一眼。

“你要他在这里吗？”

“是，我们这里缺少人。”

“好，胡兹先生，我是医生。”于是他转身向着我，加了一句：“明天早晨到病院里受检查。”

三

医生检查的结果使我换到制袜部去。这个改变给我唤醒了新的希望。蓆子工场是一个惩戒的工场，派到那里作工去的大概都是所谓“无可救药的人”（精神异常错乱的囚犯，和少数不服管束的倔强分子），所以那里是一个监视最严密，管束最严格的地方。那是防守最周密的工场，要从那里逃出去简直是不可能的。但是在制袜部我也许会找到这机会，自然这需要着时间，但是为着那件大事情我是能够忍耐的。袜子工场里的工作情形也比较好一点。房间明亮，又通空气，管束也不十分严厉。我因为是近视眼，所以免掉去做机器工作。典狱起初咬定说我的眼睛“很好”，看得见织袜机上面的无数根针。老实说，我看得见那些针；然而我却看不很清楚，不能够确定不把每根线头错穿进别的针眼去。倘使我承认多少看得见一点的话，我知道，我一定会被派去做那工作，结果我会常常因了出品不够，或不好的缘故，受着严厉的处罚，所以我便装作完全看不清楚针的样子。看守虽然常常拿处罚来威吓我，也不能够改变我的决心，后来他便把我派去做那比较轻易一点的"翻"袜工作。这种工作虽然讨厌，却不费力。起初袜子从编织机上面下来，是没有袜底的，我便把它们集中起来抱到一张桌子上面，那里竖着一根约莫十八英寸高的铁桩，顶上有一个倒转的小圆盘。袜子一放上桩去，里子就被翻了出来，我便急急把它从桩上剥下来。然后又送到机器那里去缝好袜底，再由我拿去翻一次，这样一来工作就算完成，只等着分类和装载了。

日子一天一天地、一星期一星期地在单调里过去了。工作的实习使我成了熟手，然而那机械的劳役的时间是很难捱过去的。我想倘使我对工作有一点兴趣，时间也容易混一点，我便把我翻过的袜子一一来点数，我计算每一次翻袜需要多少动作，我又统计在一定的时间里翻过的袜子的总数。然而这一切努力都没有用处，我依旧不能不想到那些永无结果的题目：朋友和宣传、我这不公道的过重的判决、自杀和逃狱。

夜里我也得不到安息。在梦中一种无名的重量压迫着我，一种恐怖折磨着我，我常常惊跳起来，骇得缓不过气，静静地来经验那危险去后的暂时的安慰。然而过了一刻我又慢慢记起我周围的情况，我便落进了愤怒与失望的海里，没有一点力量，也没有一点希望。

在我的宾夕法尼亚的梦魇的表面平静的发展中间，在那希望与灰心，生与死的不绝的斗争里，白天跟着黑夜，黑夜跟着白天不停地这样走了过去。

给爱玛的信

亲爱的妹妹：

从前次写信给你到现在仿佛已经有一个世纪了，然而这只不过是一个月。我的生活的单调使光阴过得很慢——只有你的亲爱的，深情的信函和费加的来信为我打破了那可怕的孤寂。当我回到监房去吃午饭的时候，我心里盼望着会得到你的信函，这种恳切的期望使我加快了脚步。早晨十一点钟的光景教诲师开始巡回送信。他的熟练的手把信往监房一抛，就穿过铁格子落到床边，或者落在屋角的小桌子上面。然而倘使是一封很轻的信，它便会飞落在地板上。我走到监房门口，一眼就会看见那个白色的小东西躺在什么地方，不管信函是长是短。我闭着眼睛用手量量它有多少重，就像受着你的可爱的温暖的手的紧握，这接触温柔地达到我的心里，到后来我就觉得我越过了深渊而出现在你的面前了。铁格子淡了下去，墙壁也不见了，空气变成了甜蜜弥漫着花草的芳香——我又和你一块儿，在清朗的七月的月光里散步……你的眼睛和头发中那种特有的俄国味像施魔术一般地给我带来了我们那美丽的河流伏尔加，船夫曲的调子里充满了苦痛和渴望，在我的周围飘荡。……午饭原样的摆在那里。我却拿着你的信在呆想，我把它重读，我慢慢地，慢慢地读它，我只怕我会很快地就把它读完。午后的光阴也因了你这接触和拜访变成很光辉的了，我一天只想回到我的监房——在夜晚的静寂里，我解脱了眼前的梦魇，自由地在我们的梦里的花园内散步。

第二天早晨我在工场里作工，又不断地焦急地悬念着是否有一封安慰的信函在监房里等着我。我一想到教诲师，我心里就跳动得很厉害，也许这时候你的信就在他的手里。他在开封，他在读它。为什么应该给陌生的眼睛看……然而教诲师好像是很和善，很谨慎的。现在他在走廊里送信，当他走到底层的时候，信件已经很少了。呵！希望他快点到我的监房来，不然他的信等不到那时候，就会送光。过后，我禁不住要笑我这个孩子似的想法，——要是有一封信是寄给我的，那么他决不会交给别的犯人。然而也许他会送错……不，决不会——我的名字和在监狱里的号数，还有教诲师批在信封上面的监房的号数都会保证信件不会误投。现在午饭的汽笛响了，我急忙回到监房去，地板上没有东西！也许是在床上、桌子上……失望的耽心使我很不安，也许信落在床下，也许在黑暗的角落里。不，那里并没有——然而今天我决不会没有信！我应该再找一遍——也许它落在被单中间也未可知……不，没有信！

爱友，我的日子就是这样度过去的。在思想里我永远和你，和费加在一起，过着我们从前的那种生活。至于这里的生活我决不会习惯，而且在眼前的现实里我也找不到一点兴味。我以后会有什么样的结果，我不知道。我也不去管它。亲爱的，记着我们是什么样的人，不管我们的运动要求着怎样的牺牲，纵使个人灭亡，而结果人类也会得到益处。我们应该在这个意识里去求慰藉。

亚历克

一八九二年十一月十八日

迫害

一

受苦和继续不断的危险是敏捷的教师。在这惩役所内的三个月中间我学会了许多事情。究竟我从前所想象的那种模糊的恐怖是不是比监狱生活的实际更为可怕，我如今倒有些疑惑了。

特别在某一点，现实的监狱生活是一个苦难和不断的激怒的泉源。……这里面充满着欺骗、虚伪、诡计——比在外面世界里还要厉害。谄谀、中伤、侦探——这些在牢里最易发展。一个禁卒的恶意就可以招来不幸，要防避它只有靠着谄媚和奉承，靠了奴隶性的服从和谄谀还可以得着轻易的工作……还有形形色色，看见这些景象就使我头痛。

昨天我在工场里看见一件事情——小约翰·大卫士和杰克·布拉德福打架。这两个都是孩子，而且是新来的。小约翰是个样子很老实的年轻人，在离我的桌子几尺光景的一架编织机跟前作工。在小约翰的对面是杰克，据他自己说他从前在感化院的经验把他“教得更聪明了”。我在牢里住了三个月，学会了一个本领，可以用一种差不多叫人看不见的嘴唇的动作谈话。用这方法我就从小约翰那里知道布拉德福时时偷窃他的出品，使他好几次因为工作怠惰受罚。小约翰希望以后不要再发生这种事情，便把失窃的事告诉了监工的禁卒，不过他并没有提到杰克的名字。然而禁卒不顾他的诉苦，依旧报告上去，后来小约翰就被关进了地牢。昨天早晨他回到工场里来，他的玫瑰色的脸颊变成了苍白色，眼睛也陷了进去，走起路来也是有气没力的。当他回到那机器跟前的时候，我听见他对那看守说：

“加桑先生，请你把我换个地方。”

“为什么？”禁卒问道。

“我不能够在这里做工。我愿意在另一架机器跟前做，加桑先生，请你。”

“你为什么不能够在这里做呢？”

“我天天失掉袜子。”

“哈，哈，你又来玩老把戏了，是不是？你还想进地牢吗？”

“我再受不了地牢了，加桑先生，我赌咒说我受不了。可是在这里我的袜子天天给人偷去。”

“你见鬼！谁偷你的袜子？不要乱推到别人身上。我在这里守着，没有人能够偷你的袜子。你现在快去做工，你得好好地做，懂得吗？”

下午点数的时候小约翰差十八双袜子。布拉德福却做多了。

我看见加桑先生走到小约翰身边。

“喂，三十号，三十号机器，”他叫道。“你不肯做工，是吗？穿好衣服，戴上帽子。”

这句话真要命！这意思是马上去报告典狱，结果必然是进地牢。

“呵，加桑先生，”那个年轻人哀求道，“这不是我的错，上帝帮忙我，这并不是我的错。”

“不是你的错？谁的错呢？难道是我的错？”

小约翰迟疑了一下。他的眼睛往四处看，然后转到布拉德福的脸上，那个孩子却故意避开了他的眼光。

“我不能够告发，”他低声回答。

“呵，见鬼！你没有什么事告发。那么穿好衣服，戴起帽子。”

小约翰在地牢里过了一夜。第二天早晨他到工场里来，他的脸颊更陷了下去，眼睛也更凹进去了。他绝望地拚命工作。他专心致志地努力劳动着，他的眼光定在那一堆慢慢在增加的袜子上面。他偶尔把布拉德福恨恨地看了一眼，那个年轻人恃着有看守帮忙，便对着他狡猾地霎了一下左眼。

有一回小约翰并没有停止工作，不过稍微侧过头来看看我。我鼓励地对他微笑，同时我看见杰克的手偷偷伸过桌子去很快地抓了一把小约翰的袜子，接着一个尖锐的叫声就把工场弄得混乱起来。他们费了大力才把这个狂怒的孩子从那个被打倒了的布拉德福的身上拉开，两个人都被带到典狱那里去受审判，唯一的证人是上级看守加桑。

我不能忍耐地等候着审判的结果。从开着的窗户里我看见看守走了回来。他进了工场，嘴角带着微笑。他走过我的身边，这时候我决定和他说话。

“加桑先生，”我装作尊敬的样子说道，“我可以和你说一句话吗？”

“怎么，柏克，当然可以，我又不会吃掉你。你快说吧！”

“他们把那两个孩子怎样处置了？”

“小约翰在地牢里关十天。很不错，是吗？你知道他先打人，所以是他不想作工。我就在他旁边，看得很清楚。我不能够轻易地给人愚弄，你说能够吗，柏克？”

“好，加桑先生，我当然也说不能够。但是你知道他们是怎样打起架来的吗？”

“不知道。可是小约翰承认他先打布拉德福。你知道，这就够了。‘布拉德’明天回工场。我把他从宽发落，他是一个很勤快的工人，他的出品时常是比规定的多。只取消他的晚饭，他一定受得住，并不是什么大损失。是吗，柏克？”

“不大，”我表同意说。“然而，加桑先生，这全是布拉德福的错。”

“怎么会呢？”禁卒问道。

“他偷了小约翰的袜子。”

“你没有看见他偷吧。”

“我看见的，加桑先生。我看见他这——”

“当心，柏克。一切都定好了。小约翰究竟不是个好东西，他太活泼了。你最好还是不要提这件事情，听见吗？我的话跟典狱的一样。”

这种过度的不公平使我的心非常痛苦。可怜的小约翰在那可怕的地牢里已经是第四天了，而且还是第三次，然而他却是完全无辜的。我一想到那种可恨的待遇和看守的欺骗与偏私，我的血就不由得沸腾起来，我应该来援助那受迫害的人。是的，我要这样做。然而应该怎样进行呢？告发加桑先生，一定没有用处，而且他要是知道我告发了他，他便会给我苦吃，他在工场里有着绝对的权力。

我暗地想了好几个办法，然而拿来仔细考量了以后才发现都不容易实行。个人利益的考量和义务的观念斗争着。但我想象着小约翰在地牢里的情形，我又看见他那空着的机器和布拉德福的胜利的微笑，这样唤醒了我的受谴责的良心，到后来沉默就变成不能忍受了。我决定一遇着机会马上就向典狱说话。

我终于有了一个机会。典狱走进工场来。他身材高大，稍微有点驼背，头向前伸出去，就像一只饿狼在追赶脚迹一般。

“麦克潘先生，有一点事情求你。”

“好。”

“我以为小约翰·大卫士处罚得很冤枉。”

“你以为，哼，哼。谁是这个无辜的小约翰，哼，大卫士？”

他的手指头不能忍耐地在桌上敲着，他用嘲笑的，猜疑的眼睛打量我。

“三十号机器，典狱先生。”

“呵，不错，三十号机器，哼，哼，大卫士。哼，他打人。”

“别人偷他的袜子。麦克潘先生，我亲眼看见的。”

“是的，是的。为什么，哼，哼，你看见了吗，朋友？那么你承认，哼，哼，你并不专心做你自己的工作了。那是不行的，哼，太坏了。加桑先生！”

那个看守连忙走到他面前。

“加桑先生，这个人，哼，控告你。犯人，不许打岔我。哼，你是第几号？”

“A 七号。”

“加桑先生，A 七号，哼，告发管理工场的看守。请你，哼，哼，记下来。”

两个人走开，在旁边低声谈了一些话。我只听见“专门闹事的暴徒”“他的相好”这几个字。典狱对那个看守点头，他的凶恶的眼光憎恨地定在我的身上。

二

我觉得绝望，孤独。那个终日快活的独臂的安慰也失却了。我这可怜的朋友正在受罚期中。我把工场里的片断的谈话连接起来，凑成了我那朋友的故事。一个三次坐牢的犯人亚丹士是典狱所喜欢的奸细，他有一次参加赛拳把他按月领到的烟草输掉了。独臂是赌博烟草的保管人，他要求独臂把烟草分给他，独臂不肯，因此激怒了他。他就去报告独臂私下赌博，看守突然跑去搜查独臂的监房，发见了烟草，这样证实了亚丹士的告发，我那朋友便被关到地牢里去。然而五天期满，并不见他回到他的旧监房来，我不久便知道他被关到独房里去了，因为他始终不肯供出那些托他保管烟草的人的姓名。

独臂的命运使我十分痛苦。那可怕的处罚把我的可怜的好心的朋友完全毁掉了。这天早晨，我碰巧走过他的监房，我招呼他，然而他并不睬我，我想也许他没有听见我的声音。我很焦急地等到正午好回到监房部去，“喂，独臂！”我叫道。他站在门口，从铁格子里注意地看外面。他冷淡地望着我，眼里没有一点表情。“你是谁？”他断续地啜泣着，他开始乱说起话来。突然间我明白了那可怕的真相。我这可怜的，可怜的朋友，这第一个对我说过几句亲切的话语的人——他疯了！

《牢狱的花》

一

一道浓雾从俄亥俄的宽广的河面上升了起来。它把两岸抱在它的神秘的拥抱里，给树木和岩石罩上了一层阴郁的面纱，对着太阳生气地皱起眉头。在“死屋”里面空气是十分寒冷，铁笼内一切是安静而沉寂。

只是偶尔有一个敲声，好像是敲在金属的东西上似的，打破了这静寂。我注意地听着，这声音似乎更近，更响亮了一点，有时又停顿一两下，而且显然是有意的。我不由得想起俄国政治犯在牢里谈话的方法，我便努力想从这敲声里猜出一点意思。当我走近靠里的那堵墙壁时，这声音就变得更清楚了。而且我突然听见一个轻微的私语声从便器里出来。难道这只是我的幻想，或者，我真的听见人在叫我的名字。

“喂！”我对着那管子叫道。

敲声突然停止了。我听见一个压抑住的声音：“亚历克，是你？”

“是的。谁在那里？”

“不要管它。我敲了那么久，你都听不见，你一定是个聋子。快把你耳朵里的塞子拔掉。”

“我不知道你能够用这种方法讲话。”

“你不晓得？好，你现在明白了。那些空管子，里面没有水，你晓得吗？呵，该死——”

一股水冲过，把他的后面的话语淹没了。不久水流尽了，敲声又响了起来。

“喂，喂，亚历克，是你吗？”

“离开这管子，听见吗？你这多嘴的呆子！”有什么人对着管子打岔地叫起来。

"你不要吵！"

"偷马贼，不要玩你的把戏。"

"喂，孩子，现在不要闹。是我，朋友。这是罢勃，偷马贼罢勃。我在讲正经话。现在不许再闹，你们听见吗？亚历克，你还在那里吗？好，不要管他们吵闹。那是发疯的'南边的长子'放的水——"

"你说谁发疯？见鬼！"一个声音打岔道。

"呵，静静的不要吵。谁说你发疯？不，不，你有点神经病。喂，亚历克，你还在吗？"

"是的，罢勃。"

"呵，你晓得了我的名字，是吗？不错，我是罢勃，偷马贼罢勃。你看见我的时候不要认错。我是罢勃，偷马贼。你听得见我的话吗？亚历克，是你吗？"

"是的，是的。"

"不会错吗？我有话和你说。你的号数多少？"

"A 七号。"

"对。几号房间？"

"K 排第六号。"

“我是大罢勃在——”

“多嘴的罢勃，”上面来了一个沉重的低音解释说。

“加利，闭嘴，我在管子旁边说话。亚历克，我在F排第六号，顶上的一层。你随时都可和我讲话，我总在，哈，哈！你知道，管子是通上通下的，你高兴和哪一排讲话，就可以和哪一排讲话。然而总得老认住那一个监房，不要弄错，就像你住的第六号监房一样，你懂得吗？现在倘使你想同十四号监房，同矮子讲话，你知道——”

“我不想同矮子讲话。我不认得他。罢勃。”

“是，你认得他。亚历克，你听我告诉你，你就会明白。是我罢勃在讲话，你明白吗？我说要是你高兴和矮子讲话，你告诉我好了。告诉罢勃兄弟，他会给你办妥的。你明白吗？你知道矮子是谁？”

“不知道。”

“你应该知道。那是卡尔，卡尔·诺尔德。你认得他，是不是？”

“什么？”我惊讶地叫起来。罢勃，真的？诺尔德在你那一排？”

“的的确确在这里。十四号监房。”

“你为什么不立刻就说出来呢？你已经讲了十分钟了。你看见过他吗？”

“亚历克，你忙什么？你不能够看见他，现在无论怎样都不行。或者等慢慢地来说不定会有办法。亚历克，不必忙，你还有很多的工夫。还有好几年，哈，哈，哈！”

“喂，偷马贼，收拾起你这花样！”我认得是加利的深沉的低音。“你干吗引这个孩子发愁？”

“加利，没有坏意思，”罢勃回答道，“我不过和他开开玩笑。”

“好，收拾起这种把戏。”

“亚历克，你不介意，是吗？”我又听见罢勃的声音，调子已经变得温柔了。“我并不想叫你伤心。亚历克，我是你的朋友，你可以信得过我。说，我带着矮子给你的东西，矮子，我指卡尔，你明白吗？”

“罢勃，什么东西呢？”

“我不从洞里说，那不妥当。我是这一排送咖啡的杂役。明天早晨我去拿咖啡锅子的时候，我就偷偷地到你那里来。现在，当心，禁子来了。”

二

知道我的同志们在这里，这给我的生存带来了一点兴味和意义，这使我呼吸到一点从前那种环境的空气。我的灵魂已经死沉沉的躺在坟墓里了，这事情却拿新的生命和希望来搅醒了它。

我们秘密地交换几张字条，这使我的呆板的日常生活有了一个点缀。这好像山间一道清莹的小溪流快活地流过一个停滞的泥沼。我在工场里作工的时候我的思想也完全集中在我们的通信上面。……

晚上的光阴也不觉得是怎样的难捱了，我在通信里找到了愉快和慰藉。字条改变成了厚厚的信函，一天天地凝固着我们的友情。我们讨论意见，交换印象，还谈论牢里的种种事情。……

我们的通信的内容渐渐扩大起来，从个人的事情变到社会政治的学说，煽动的方法和应用的战略。那长久的热烈的讨论吸引了我们的全部兴趣。长篇大论的信函使我们不得不更加细心，写信纸张的难得，这是一件很严重的事情。所有能到手的一片一条的纸头都用尽了，偶尔找到的杂志报章，它们的边沿上也给我们用铅笔写上了字迹，用过又擦掉，总有好几次，磨耗了的破布片上面也布满了极细小的黑水写的字迹。有时候连图书馆书籍的空页也不得不被我们撕了下来，我们做得很巧妙，叫人看不出一点痕迹。纸的问题使我们终于感到不得不把通信停止了，我们因此很是惊慌。然而我们的忠实的邮差靠他那偷马的本领在这时候又显出他的天才来。罢勃自己出来做我们的军粮委员，把他在那里服务的扫帚工场指定为我们的粮站。

这种意外的富裕使我们充满了快乐。偷马贼征发来的大卷纸打消了饥荒的恐惧。这种包东西用的光滑的黄纸使我们可以自由地写上更大更清楚的字迹，同时又使我们起了大的计划。我们打算把我们的通信改为一份小刊物，并且开好预计的读者名单。不久“Zuchthausblüten”[①]第一期就得到我们的那个唯一的订户的鼓励的赞许，更使我们吃惊的是他投了一首颇不坏的诗稿来，就写在刊物的最后一页的空白上。我们很高兴这个幸福的收获，便一致地尊他为“第一流诗人”，请他来主编诗歌栏。

不久我们就计划把刊物的形式弄得更好看一点。形式大小并不变更，依旧是五寸长，三寸宽，但是页数却有增加。每一期换一个编辑，来保证机会均等。读者全做助理编辑。刊物的出版改为定期，视每一期刊物在读者中间轮流传观完毕所需的时间而定期限。作者、读者的姓名都用一个固定的字母来代替，免得被人发觉。譬如包尔是一个大汉子，就用英文的G字来代表。我因为是个中等身材，就用M。诺尔德最矮，所以他用德文“小”字的第一个字母K。至于我们的诗人，他的事情没有人清楚，我就称他做D。这是从德文“诗人”这个字来的。“M”“K”“G”三个

① 《牢狱的花》。

人轮流做总编辑，职务是把刊物发出来，让每个读者依次把投稿写上去，然后送回到他那里，让他阅读评定每篇稿件。这份刊物传观以后内容逐渐增加，最后就交给第二个编辑人，下一期稿件的编辑便归他负责。

这种独一无二的办法却成了一个愉快和安慰的泉源。这份小小的刊物内容很丰富，文笔也很有变化。笔迹的参差不齐提高了我们的兴趣，更鼓舞我们去猜想那些逐渐增加的投稿的读者是怎样的一种人。在这小小的地盘里，这一处是各种敌对的社会学说的斗争，那一处有一篇政治短文和一篇诙谐的趣话排在一起，一篇关于“物性”的论文却插在牢狱闲话和个人的怀旧谈中间。有时候一种自然流露的幽默和拼字法的无意的冲突又使得这不依惯例的谈论有了一种特别的魔力。……

性的渴望

礼拜日的晚上，我的新监房在上层的廊子里，那里又热，又闷，我不能够睡。我的眼光穿过铁格子窗，注视着俄亥俄河。一轮圆月高挂在河面上，把河水浸在它的柔软的光辉里。催眠歌的甜蜜的调子在树林间飘荡着，河的两岸充满了快乐的笑声。一个少女的声音像银铃一般地鸣响起来，别的声音又在远方叫着。生命是很愉快的，它就在我的近旁，真是近得很，但又是可望而不可即——我的周围却只有寂寞和死亡。

这女性的声音在我的耳里接连地鸣响了几天。它听起来是这么年轻，这么活泼，这么可爱。一个漂亮的姑娘，一定是的。要是能够见她一面，那会是多么快乐呵！我好几个月来就没有看见一个女人了。我渴望着听到那柔软的声调，感到那温柔的接触。我反复地回想着河上的声音和林间的甜蜜的曲调。当我兴奋地在监房里踱着的时候，我的幻想在这忧郁的脚步声里弹出了愉快的欢歌，绘出了幻景和画图。它们活着，它们还在呼吸！我看见那苗条的身躯，丰腴的胸膛，白嫩的颈项，孩子似的面庞，和那一对水汪汪的大眼睛。怎么？这是柳巴。我回忆到我第一次挨着她的少女的胸膛时的那种沉醉的惊奇，这时候我的血液不觉激情地，猛烈地沸腾起来了。从她那柔润的嘴唇里吐出来的软语带着多么天真的诱惑性，那事情又来得多么突然！那时候我们住在新港。我们陆续地聚集在那个地方，到后来就成立了一个小小的纽约公社。爱玛先到我这里来，因为那时候我在这个陌生的城市里非常孤寂，我是一份乡村周报的排字工人，在一个守旧的家庭里，我每晚上又寒冷又忧郁地挨着时刻。然而爱玛一来，就给我带来了暖热和光明，接着又来了费加和曼尼亚。柳巴住在纽约，但是曼尼亚这个忠诚的小灵魂非常想念她的妹妹，后来这三个女子便一起到妇女内衣工厂里去作工。在这自由的空气中一切似乎都是很幸福的，柳巴渐渐地长成了一个美丽的妇人。她具有一种含糊的魔力，时时给我唤起一个深切的渴望，一个沉醉的爱欲。有一次，那还是一年以前在纽约的事情，我突然起了一种对她的冲动。这冲动不可思议地突然把我紧紧抓住了。我到她家里去和她的父亲下棋，他告诉我柳巴患了病，现在渐渐好起来了，她很高兴看见我。我到了她的房里，坐在床边，和她低声谈话，我一面注意到枕头从她的头下滑开了。我俯下头去，无意地挨到了她的散垂在旁边的浓发。这柔软的暗栗色的微波震撼了我的灵魂，接着我就俯下去偷偷把那丝浪般的柔发压在我的嘴唇上面，一时的羞耻的感觉完全消失了。我的心里充满着赞美，甚至崇敬的感情，对于这个有着使我着迷的美发的少女，我差不多要膜拜了。她宽弛地躺在床上，充分地展示出来她的少女身体的美丽和爱娇，我望着这个，我就被一个深切的渴望突然压倒了。我们谈话的时候，我的贪婪的眼光就没有离开她的使人销魂的体态，我不由得要妒忌她的未来的爱人，憎恨那亵渎她的行为。但是我离开她的床边以后，这爱欲就完全消失，不留一点痕迹，而那一时的灵感也就像被黎明所惊碎了的梦景一般地消去了。只有一种暂时的含糊的不安还留着，好像是在想望一件永不能到手的东西一样。

于是那梦想不到的幸福来了。那永不能忘记的时刻呵！我们刚刚看了法国女伶沙拉·伯那尔的名剧《托司加》回来，沙拉演那女主角，是没有一个女伶能比得上的。在我们的公社的小屋里，我到顶楼去便要经过柳巴的房间。她已经上床了，不过还醒着。我坐在她的床边，我们就谈起今晚的戏来。那个伟大的悲剧女伶的艺术十分感动了她。后来，不知怎样地谈到了女伶们的袒胸衣服上面，我便说：

“我并不注意舞台上戏子的漂亮的相貌，但是我有一副很好的看戏用的望眼镜。我看见她们的乳房都很肥大，很宽松。这很可厌。”

“你以为——我的很好吗？”她突然问道。

我一下呆住了。然而这问题是来得如此诱惑而又无意，如此天真而又恳切。

“我从没有——让我看看，”我冲动地说。

“不，不！”她带羞地叫道。“我不能，我不能！”

“柳巴，我不要看。你看我现在闭着我的眼睛。单让我摸一下吧。”

“呵，我不能，我不好意思！只可以隔一条毯子摸，请答应我，沙夏，”当我的手偷偷地伸进被里的时候，她这样要求道。她紧紧地握着被单，我的手便放在她的腰上。我挨到这结实的圆软的乳房，一阵激情的忘我就使得我的身子战抖起来。我怕会惹起她的少女的抗拒，便极力忍住我的快乐，只是小心地，温柔地揭起被盖来。

“柳巴，它们的确很美丽，”我说着，极力不让我的声音战抖。

“沙夏，你——喜欢它们吗？”她的一双大眼睛看起来快活而发光。

"亲爱的，我敢说它们是希腊式的，"我回答着，就把最后一层被单拉开，俯下头去吻她的胸膛。

"我很高兴我来到这里住，"她梦幻地说。

"你在纽约很寂寞吗？"

"真是寂寞得可怕，沙夏。"

"那么你喜欢这生活的变化吗？"

"呵，你这蠢孩子！你还不知道？"

"柳巴，你说什么？"

"我要的就是你，亲爱的。"她的两只膀子温柔地缠住我。

我忽然觉得胆怯了。爱玛，我们的计划，都来到我的脑里，使我起了自责的念头，因而心也就冷下来了。苍白色的月亮把影子投进房里来，我冷淡地静寂地躺在柳巴的胸膛上。被单滑了下去，我伸手去抓它，却不留心地挨到了她的膝头。

"沙夏，你怎么能够！"她惊叫道，就带了恐惧的眼睛坐起来。

"柳巴，我并没有这个意思。你怎么能够以为我干那种事情？”我的心完全冷却了。

我的手松松地放在她的胸膛上。我们两人不安地默默躺着。

“沙夏，已经很晚了。”她温柔地把我的头再放到她的胸膛上面。

“亲爱的，再过一会儿吧，”处女乳房的魔力又一次压倒了我，我像落雨般地狂吻着它们，激情地，疯狂地压着它们，直到她发出了痛苦的叫喊。

“你现在该去了，亲爱的。”

“晚安，柳巴。”

“晚安，我至爱的沙兴加，你还没有和我接吻呢。”

我离开她时，还觉到她那令人留恋的嘴唇。

在不眠的夜里，性的渴望渐渐变得更加强烈了。过去的景象复活在我的思想中，监房里装满了相熟的面孔。我的记忆中早已死去了的事情，又活泼地在我的眼前出现了。它们从我的灵魂的深处涌现出来，而且带着显著的真实性移动着，就和我幼年时代在那些黑暗可怕的夜里看见祖先的肖像活起来的情形一样。轻薄的马霞从对街的窗户里向着我笑，一群少女假装正经地走过我面前，规规矩矩地埋下了眼光。过后又装腔作势地回过头来唤我。我又和同学们在一起了，我们追逐女学生，跟她们到河边去，她们一旦发觉我们的眼睛紧贴在棚后缝隙里偷看她们时（这些缝隙都是我们弄出来的，）她们惊惶得了不得，我们却因此快乐地发笑了。我心里很讨厌拉狄亚穿着她的衬衫洗澡，我为了报复起见，就泅到木板下面，在那些女孩子中间突然露出头来，于是她们又羞又怕地连忙跑去躲藏了。然而我却不高兴万尼亚给女学生起诨名叫“母羊”，对着她们“咩，咩，咩”地叫。而且当柯立亚隔着学校的天井用淫秽的字眼去骂小龙尼亚时，我就痛快地打他一顿，那时我正秘密地爱着这位小姑娘。

然而以后的日子的回忆又不断地重来到我的脑里，少年时期的景象却渐渐地模糊起来。松尼亚和柳巴，还有我初到美国几个月里的小情人，她们更清晰地不断地在我眼前出现了。呵，我那小情人，她真像一只母鹅！她不肯和我拥抱，因为她以为一个女人没有结婚就和人拥抱是件罪过。但是在她家里礼拜日的聚会中她却很狡猾地玩起接吻的游戏，而她总是输给我！她现在应该是一个有着丈夫和儿女的妇人了。……她很快地就过去了，革命的情绪，果园街的日子里的热狂甚至把她的名字也扫荡去了。灿烂的光辉照亮了我那俄国少年时代的模糊的憧憬，而把我的空泛的理想主义明确地形成了。它在我的盲目的叛逆精神上面放下了光辉四射的正当化的光轮，而使我的梦景现在日光的山上。于是我的“生手”时代的贫困又带了一个新的面目。呵，我初到美国的几年间的生活是多么惨苦！……然而时间的织机在新世界生活的绣帷上也织出了快乐和欢欣。我站在那里，一个孤寂的异邦人，惶恐地看着宫园的扰攘，但是却充满着希望和勇气把我的运命寄托在自由上面。沙皇去得很远了。他的凶恶的哥萨克兵，现在也不必怕他们了。自由是多么鼓舞人的东西！连空气里也充满着热诚和力量，我带着信托的热狂去拥抱新的生活。我加入在创造世界的生产者的队伍里，并且以劳动的尊严所赐给我的男子气慨而自豪。我的家族胡乱地嘲笑我的第二故乡，这事情使我非常生气。他们责备我做一个“卑下龌龊的工人”污辱了父母的名声，这事情也很使我气恼。我猛烈地攻击他们的这种势利的眼光，他们污辱了劳动的尊严，我便把旧世界拿来和新世界比较，指出旧世界中的种种不义作为报复。自由和繁荣，这一个民族的伟业就足以使劳动成为神圣了……时间的织机不停地动着。孤寂包围着我，我没有一个朋友，我在新大陆上不断地挣扎。宿舍很龌龊，工人的命运很悲惨。所谓“劳动的尊严”是并不存在的。用血汗换来的面包吃起来也很苦。黄金般的约言被压迫收起来了。成功的唯一信物就是野蛮的奴隶制度。于是理想的呼声就像沙漠中的号角一般地响了，革命的呐喊猛烈地奔腾过来，像黑夜里电光一闪，它照亮了我的暗夜的摸索。我的生活里开始充满了新的意义和兴趣，我参加了解放世界的斗争。我认识了费加，我们两个都被新人类的音乐陶醉了。

这都是很远很远的事——然而每件事情都详细地刻印在我的记忆里。献身社会运动的那些年代又急速地在我面前走过了：自求的贫困和牺牲，芝加哥殉道中的激动的狂涛。晚间的热辩，深夜的苦读。在这一切里面我特别记忆着每礼拜五的格托的集会，那龌龊的厅子是我们一小群俄国的亡命者聚会的地方。我们大胆地攻击着现社会的暴虐和不义，预言着一个快到来的灿烂的黎明。一些披围巾的女人和长褂长须男子在犹太教堂做过礼拜后就溜进这厅子里来，带着惊奇的眼光听我们谈话，他们想听懂我们的奇怪的犹太话，却没有办法。我们的话里面夹杂了那么多的新福音的外来字。他们里面有些人胆怯地问我们道："你们真正以为——呵，善良的主饶恕我吧——在上面天里面没有神吗？"我们都放肆地驳倒他们，那时候我们心里是多么快活。……到了晚间我们就分成几个小群，热烈地讨论着演说者的意见，这特别的圈子后来终于搬到里面较隐秘的地方去了。那间僻静的小茶厅成了学问和智慧的比武场。夜愈深，我们的辩论也愈激烈，这种为心灵之流所鼓舞的理智的筵席，很令人沉醉。带着机警的眼光在旁边看着的老板，这时就很有礼貌地对那些争论得最厉害的小群说："先生们，先生们，轻声点！警察局就在街对面。"这一来争论就暂时停顿了，发怒的对手们不高兴地彼此望着。在这休息时间那个奥国大学生便用他的音乐般的声音开始讲述他那个人经验的故事，他这故事是永远不会完结的，没有开场，也没有主要事实，然而却很有兴味。他用他那发光的眼睛把我们的注意力完全吸引住了。他叙述他的奇妙的旅行，把我们从圣彼得堡涅瓦河畔领到高加索，又去看切克斯人的复仇杀人；或者，刚刚说到在回教禁宫里冒着生命危险去和一个阿尔巴尼亚美人调情，他马上又解说起莫罕默德的哲学来，而不知不觉间他的话题又转到在尼罗河上，猎河马去了；但是这些有趣的冒险谈突然被打断了，有人来向众人介绍一个新客："各位，这位是我的好友，未来的意大利大音乐家，他新从敖德萨来。现在请他给我们奏一曲《特鲁巴都的歌》。然而我们一群人并不喜欢音乐，有些人却和那奥国大学生争辩，说他不懂回教的哲学，而费加却挖苦他和基督教教士太亲密。抗议来了，大家争闹地要求一个解释。奥国大学生含笑地答应了，过后他又叙述他在中国海上航行，或者杂在一队奇怪的旅行商中间，在雅加尔塔达贩卖茶叶，帮助一个政治犯逃到海参崴去。……黑夜在苏醒的太阳之前变了颜色，费加在打呵欠，我也很瞌睡——

“咖啡，要咖啡吗？喂，快起来！你没听见打钟吗？”

独房

一

亲爱的费加：

这封信耽误了，我因了某种缘故错过了上月的寄信日子。监狱生活也有它的升沉，现在我正是处在沉落的境地里了。别人不许我们叙述牢里的事情，因此我只能够告诉你我现在受着独房监禁，没有工作做。我不知道我得这样地关多久。也许是一月，也许是一年，不过我希望不要是一年才好。

你给我送来的杂志和食物我得不到……我们可以

订报看，你可以容易地想象到，我如何热心地从头到尾一个字也不遗漏地把报纸读遍。只有这些报纸使我和那活人的世界多少有点接触。……谷腾堡的发明真值得祝福呵！图书室里有雨果和左拉，连果戈理和屠格涅夫也有。碰到我们自己的巴扎洛夫讲英国话，就像在外国遇见一个老朋友……过去的时代一页一页地翻开来——独房被忘却了，墙壁消失了，我又和皮袜子一起在原始的树林里漫游，或者跟着可怜的小奥利弗·退斯特发愁。然而《上尉的女儿》却使我生气，那个叛逆的灵魂普加齐夫在翻译者的拙劣的手里变成了一幅滑稽画。现在又来了塔拉斯·布尔巴——这是我们自己的塔拉斯，那个勇敢的武士吗？然而这个勇敢的老 hetman（哥萨克大将）咒骂那些回教徒时却又是多么古怪！这种翻译简直是亵渎神圣，我很气愤，又像受了侮辱一般，不再去看它们，我便打开了一本诗集。但是我看见这并不是我要的那本罗伯·彭斯的诗篇，却是一卷华兹华斯的作品，花朵在他的书页上开放起来，他的韵律里发出了玫瑰花蕊的芳香，然而世界劳工的痛苦却不会唤起他的心灵的共鸣……科学和小说，历史和游记，宗教和哲学——这一切都杂乱无序地接踵而来，因为只许借一本书到监房里的缘故，我就没法选择了。读书的范围既广，回想的材料也就增多，并且还帮助我每次的英文程度进步。然而《多星的天空》中的某一段却把我突然带到地上来，现在的生活被直接的绝望的感觉渲染了，苦恼的问题在我的心里波动起来。这一切的研究，这一切的学习究竟有什么用处？那么——可是我为什么要拿这种话来麻烦你呢？

我开始写信的时候并不想写这些话。然而我不能够把它毁掉，信纸是必须按数交出的。因此我依旧把它寄给你。不过我知道，亲爱的朋友，你也不是睡在玫瑰花坛上面的人。那可怜的水手[①]怎样了？

我的信纸写满了。

亚历克

一八九四年三月二十五日

---

① 水手：指爱玛·高德曼。

二

独房里的生活是很难堪的。日子一天天地过去，就像一根长练子，拖着它的沉重的链环，穿过一个个惨痛的灾祸，监房里充满了夏天的炎热，使人透不过气来，只有河上吹来的新鲜的微风偶尔偷偷地在我的脸上吹拂一下。那个和我作对的看守就藉口说有风，把我监房对面厅子里的窗户关上了，连空气也不见动一下。在夜晚空气里充满了一千多人的屎尿和汗水的臭味，那种沉重的时刻更令人难以忍受。我睡不着，整夜就在破褥子上面翻来转去，一则由于使用的时间太久，二则不知有多少人在这上面压过，这褥子已经没有一点被褥的形状了。然而我每次要求换新草时，所长总是置之不理，他却叫我“把它稍微掸一下”。我已经有了一次这样的可怕的经验了，灰尘差一点没把我闷杀，一连几天监房里都弥漫着脏土。我不能忍耐地等候着天明，早晨囚犯的行列出来集合，天井的门便要打开，那时会有新鲜空气吹过我的监房，我要准备好来接受那一副使我能够活过这一天的仙药。

当囚犯们出去集合，监房里让静寂统治着的时候，我便会利用一个好机会去和小约翰·大卫士谈几句话。这个年轻的囚犯关在我上面一层的独房里。他在制袜工场里作工，他好几次要求他们给他一副高一点的机器，都遭了拒绝，这个高身材的青年却不得不低低地俯在一张矮桌子上继续工作，在这种情形下当然不能施展他的能力，因此常常受罚，被关到地牢里去。上星期他患了感冒，干咳了一个整夜，他生怕得肺病，便不肯回到工场里去工作。典狱后来发了一点慈悲，答应把他原来用的那副高的机器换给他。然而小约翰这个孩子却变得固执了，他不肯回到工场去，因为那里的看守给过他那么多的苦恼，这种情形当然不能够被狱规承认，因此每个礼拜一照例要来一套拷问的把戏。小约翰被带到典狱面前，典狱派他到制袜部去作工，他依旧不肯去，结果是进地牢，这一次他被关进独房里面来，等着下礼拜一再到典狱那里去听候派遣。

我很气恼我自己不能够给这孩子帮一点忙。他的最后的手段是自尽，然而一提到屈服就会使他生气，他告诉我："我宁肯死不愿意让步。"

通过那废弃了的管子我们低声谈着话，这样我知道了他的青年生活的悲惨的故事。他现在十九岁，他的刑期还有五年。他的父亲是一个转辙手，被火车撞死了，他的母亲要求恤金，结果打了三年官司，把钱都花了精光。他十四岁起就不得不把养活全家的担子放在肩上，后来他被一家公司雇去开送货车。那时他结交了一些不好的朋友，被引诱去赌博，有一天他的帐上差了十二块钱，于是司法的磨机转动起来，而小约翰也就很快地穿上了条纹布的囚衣。

我努力把我的心放在从图书室借来的书本上，然而没有一点效果。罗拉·金的卑劣的英雄唤不起我的心的共鸣，而柯列里的超人又是太奇怪，太没有人间性了。在这里，就在上面一层的监房里是那幕可怕的现实的悲剧在呻吟，在号叫。整个国家整个政府的力量集中来压碎一个不幸的原子，这是一件多么奇怪的事情！这个可怜的孩子的犯罪也是很无辜的。这个生活在使人堕落的环境中的微弱的小生物，受了流行的赌博风气的诱惑，只因为顺从了一时的弱点，就把自己的命运决定了。然而和那些判定他的罪把他送进监牢来的人相比，他违背现代一般人承认的道德标准的程度还不及那般人十分之一。从这里可见现社会的伪善了！……

小约翰虔诚地到教堂去做礼拜，并且祷告上帝宽恕他的“罪过”，他告诉我检察官对他“很凶”。这个孩子和瞎子一样，就只知道他面前的东西，所以他只恨那些把他判定长期监禁的人。其实不单是他，一些更宽大的心灵也不能够知道这社会的不公，便是我所爱的彭斯虽然他对于贫民和被践踏的人表示深切的同情，很使我感动，但他在这一点，也还是不行。“人对于人的残酷”，这句话并不够，真的事实还是深得多。……

三

睡梦中一个沉重的梦魇压住了我。嘈杂的声音在我的耳边响着，又敲打着我的头。我带着莫名的恐怖醒了。监房部里充满着喧闹，砰礴声接连地响彻了厅子送到我这方面来，它碰在监房的墙壁上发出巨雷一般的声响，然后像鼓声一般沿着走廊滚着，于是突然地停止了。

我恐怖地在床上发抖，一切是死一般地静寂。我畏惧地向四周看，监房是在黑暗里。只有一线煤气灯的微光在廊上摇晃地闪烁着。忽然一个叫声打破了静寂，这声音尖锐而可怕，变成了一阵疯狂的大笑。于是那可怕的响雷一般的砰礴声又起来了，时而在上层的监房里吼啸，时而在远处威胁地号叫，然后带着一声怒嗥消失了下去。一切复归于静寂了，只有那可怕的笑声在厅子里不绝地高响。

"小约翰，小约翰，"我惊叫起来。"小约翰！"

"那孩子在地牢里，"从我们谈话用的管子里传来这粗暴的声音。“这是偷马贼。亚历克，是你吗？”

“不错，罢勃，什么事情？”

“有人在捣毁他的监房。”

“谁？”

“不知道，多半是斯密司。”

“罢勃，哪一个斯密司？”

“疯子斯密司，‘疯癫队’的。当心！他们现在来了。”

圆厅的沉重的门带着响声开了。巨大的人形像影子一般，从我的监房前面溜过去。他们穿着软底鞋，走路没有一点声音，而且带了做恶事的样子，长皮鞭横在他们的腰间。他们后面还有别的人，再后面就是典狱，一支大的手枪在他的手里发光。我屏息了呼吸倾听着，我知道还有别的人站在门口。突然哀叫和疯狂的笑声穿透了黑夜，还有铁的声音，有激烈的殴打，有一个人的身体跌倒的响声，于是一切又寂静了。面包车静静地急忙开出去，木板上躺着一个人，一些巨大的黑影就俯在这个身体上面。

起床的钟声响了。早晨的太阳射进一道光线，映在厅子里的血迹上，然后就消失在那逐渐升起来的浓雾后面去了。一小队穿着灰色黑色条纹衣服的人从天井里走过来，他们跪在地上，用沙和水来磨洗石板上的深红色的血迹。

我后来知道疯子斯密司并没有死，才十分放了心。杂役夫向我担保他不久就会复原，医生给斯密司缚好了伤，但这个囚犯马上就被拖进地牢去了。我从杂役夫那里渐渐知道了一点斯密司的事情，他一进监牢就发了疯，有时还很厉害，那是四年前的光景。斯密司的伙伴陪恩斯因为耽心着他自己的二十五年的长期徒刑，也发了狂。陪恩斯的狂病非常厉害，常常做出激烈的反抗举动，结果狱吏只得把他移到疯人院去，然而斯密司却留在“疯癫队”里，典狱始终说他是装疯，准备着找一个逃走的机会。

四

偶尔和那个老杂役夫谈几句话，这就是独房的单调生活里的唯一的变化。因为罢勃生病，我差不多和朋友完全不能通消息了。在这被强迫着不做事的无聊的环境里，时间变得很沉重而且很难堪，日子一天一天地捱过去，连一点小的变化也没有。我用了绝大的意志的力量镇定我的纷乱的心曲，不要我去反复想那长期徒刑的事情，只顾埋头在书本里设法把自己忘掉。一卷一卷的书从我的手里经过，直读到我的脑子里快嵌满铅字了。我一页一页地读着神圣教会的历史，神甫、圣哲的传记，或者为了要听见活人的声音，便高声朗诵着希腊、印度的神话。在中间，为了变换兴味起见，又夹杂地读出几章斯宾塞和密尔的著作来。然而遇到艰深的数学问题的时候，我会突然发现我的铅笔在图书室的石板上面画着那几个很熟的数目字：22×12=264。这是什么我有些不明白。我却马上半意识地继续做完了这个算题：

264×30=7 920 日

7 920×24=190 080 小时

190 080×60=11 404 800 分

11 404 800×60=684 288 000 秒

然而过后我就明白我的计算还不准确，我把每个月只算作三十天，而实际上每年却有三百六十五天，有时还是三百六十六天，这一来更使我惊愕了。我便重新计算一次，我拿三百六十五去乘二十二，我发现我差不多得在监牢里过七万万秒钟长的时间，我不觉大大地吃惊起来。但是根据狱规来说，我又有了一个令人高兴的希望，据说品行好就可以减短刑期；然而我是个时常被报告受惩罚的囚犯——他们一定不会给我减刑的。我很仔细地算出我可以得到的减刑：第一年减一个月，第二年减一个月，第三年第四年每年减两个月，第五、六、七、八、九这五年每年减四个月，那么我在这里关十五年零三个月，过后再在习艺惩戒所住十一个月就够了。现在我已经在这里过了两年，我还得关十四年零三个月，或五千一百七十多天。这些数目字把我的勇气都赶走了，我激动地在监房里踱着，这简直没有希望！想把这样长的刑期过完活着出来，这真是愚蠢的想法，特别是从典狱的迫害和看守们的琐碎的专横看来，这更没有办法。

自杀和逃走的念头，以及关于外面世界的意外的发展（这发展也许会带来我的自由）的狂想，这一切在我的脑里混战着，使我更陷在绝望苦痛的境地里。我的完全的孤独好像没有一点解救的希望，疾病和受苦的日子给我充满了苦恼。我忽然发觉我的头发稀薄了，我心里禁不住起了一阵剧烈的痛楚。看见身体的衰弱就不觉害怕会发生精神的崩溃、疯狂……我这样一想就不由得战抖起来，而且激起了我的狂怒，使我恨我自己，恨杂役夫，恨每一个过路的犯人。我的心里沸腾着对于典狱、看守、裁判官以及那残酷的世界的憎恨。等我的心复归于平静的时候，我带着由恐怖而生的绝望来专心研究科学和哲学。然而那个可怕的鬼影却永远在我面前摇晃。它跟着我在监房里踱来踱去，它拿疯子斯密司静夜里的狂笑，又拿我那突然发了狂的邻人的呻吟和哀号来嘲弄我。

记忆的客人

教诲师时时在我的门口停留一下，对我说几句鼓励的话。他的同情使我非常感动，然而我的革命的传统却不许我把这种情绪表示出来，他不过是那副大机器上的一个小齿轮，他也许会把我的感激当作一个善于奉承的犯人的摇尾乞怜。但是我希望他能够从那简单的“谢谢你”里面了解我真心的感谢。他好意地把他私人的藏书借给我，并且有时还允许我多写一张信纸。我和爱玛、费加两人的通信以及偶尔和别的同志们交换一两张字条，这便是把我系在活人世界里的唯一的连锁。我觉得有些厌倦生活了，对于那些会引起别的囚人极大兴趣的生存的琐碎事情，我也完全失去了关心。杂役夫老散米的刑期快满了，这事情使他变得很兴奋，他便努力找机会来吐露他的心曲。他整天从这监房跳到那监房，故意去擦洗门槛或者揩拭铁格子，同时就和独房里的囚人滔滔不绝地谈闲话。我冷淡地让他去重述那些不知说了多少遍的“新闻”，这些新闻他们很仔细地讨论着，而且非常热心地给它们下注解。中间他又把话题拉开去咒骂那“腐败的食物”，过后又热心地叙述他出狱那天要吃的好饮食，又说他将来会寄送脸帕和手巾给牢里的朋友。但是一提到他家里的人，他就皱起了眉头：“老婆子”已经悲伤地死了，孩子们这三年内就没寄过一个字来。他怕他们会把那小小的田庄卖掉跑到城里去了。然而即来的自由的快乐毕竟把忧愁的思想也赶了开去，他带了希望地咕噜道：“我会打听明白的，我会打听明白的，”而且他以为“多活一些时候又还可以做一点事情”，这毕竟是可喜的。过后他突然转过话题，详细地叙述那个可怜的“疯狄克”昨天吊死在监房里的情形，他是第一个发觉这事情的人，并且还帮忙看守割断吊带，把人放下来。前星期医生打算救活“那个意大利小孩”时，他也在场，他说只要医生稍微早一点从戏园回来，那可怜的乔也许还不致于死。那孩子“发作起来”，而“禁子们却让他躺着不去管，他们说，要‘等候’医生来看”。“希望他们还不会杀死我吧”。他这样说完就一跳一跳地走开了。

站在死的面前，反而打消了自杀的念头。生的留恋变得更强烈了，存在的欲望也更加深固。然而同时，跟着我精力的衰退，我那逃狱的希望也就消失了。这种不断的苦恼使我们的小刊物《花》也不得不中断了。那个脾气古怪的典狱似乎很耽心我们有什么革命的阴谋，便下了特别的命令，要严密地监视我们三个人。他们疑心我们在秘密通信，却又拿不着一点证据，后来就决定使我们完全分离，绝对不能和任何一个人通消息。我显然会长久地在独房里关下去，诺尔德关在南房，包尔却被移到北部的上层里一间最远的监房。我们的宝贵的刊物停刊了，只有靠了那个忠实的偷马贼的大胆，我们还可以偶尔交换一张字条。

在微弱的烛光所映出来的那些古怪的影子中间，我度着冗长的冬天的夜晚。我把从早晨七点钟到晚上九点钟中间的所谓禁锢时刻分成三部分：四小时运动，四小时读英文，四小时读书，剩下两个钟头就用在吃饭和扫除上面。面前堆着从教诲师那里借来的文法和字典，我专心地研究着莎士比亚的句子，把每个字来推敲，研究它的来源和转化，分析接头语和接尾语。我把一些简单的辞句仔细考究，追溯它的各时代的变迁，而探到它的拉丁或希腊的泉源，那些时候我也曾得到莫大的快乐。同时我又在当时的历史中去找寻人民的欢乐和悲剧，字句的运命就可以给我解释它们。语言学，伴着历史的背景，把我引进了神话学和比较宗教学的领域，又经过了敌对的哲学和形而上学的迷路，到达了唯理主义和进化的科学。

我忘却了我的环境，我和苏格拉底的弟子们在一起散步，我跟着被迫害的“无神论者”狄亚葛拉斯逃出了雅典，我感动地倾听着诗人亚利恩的柔和的琵琶，我伴着历史家斯韦托尼阿斯检阅了那十二个凯撒，我又陪着那些增加了号称“不朽之城”的罗马的光荣的人质们哭泣。然而就在克利奥佩特亚的绣闼门前，我正要和勇敢的安多纽将军跨步进去的时候，三个高大的奴隶抓住了我。命令道：“A 七号，举起手！走出来受搜查！”

好几天里我的衰弱的神经还在剧烈地震动。我很困难地努力在过去的精神里面把我的生命之线重拾起来。平静的水面被搅乱了，一切泥沼里的瘴气都升到表面上来，把我的杯子里装满了死的苦味。

老散米的出狱使我非常激动。在我监禁的时期里有许多囚犯进来，又有许多囚犯出去，我和有些人不过挨了挨手，而他们就在黑暗里走了过去，不见了，在我的生存中并不会留下一点痕迹。然而那个老杂役夫带着他的微笑和他的热烈的乐观主义，对于我成为很亲密的了。他和我分享了他的希望和恐惧，平分了他的额外的一片玉麦面包，而且努力拿他自己的质朴的态度来安慰我。我如今失却了他，我的生命里有什么东西跟着他一起走了，只剩下一个空虚的、阴暗的痛楚。在想象中我跟随着我那朋友穿过监牢的大门，走进了自由的“外面世界”，那个可爱的环境，它会给我们以生命、欢乐和自由。阴郁的墙壁像一个可怕的梦魇似地消失了，只有一个黑影在我的记忆里动着，它就像一个暗中的威吓，虽然模糊，却永远在那里，而且可怕。太阳光辉地照耀着，珍珠色的云彩在蓝空里飘浮，我周围充满了芳香。我所有的心灵的渴望全都激情地涌了出来，一阵快乐突然占有了我，使我扑在地上，哭着，吻着，怀着虔诚的祝福亲吻那土地……

蜡烛爆着烟，流着油，吁吁地响着，于是熄灭了。我坐在黑暗里，时间的面幕静静地升了起来。纽约的小房间在我的眼前出现了。爱玛刚回家来，她脸上的青春的玫瑰色在死的阴影中间成了惨白；只有她的眼睛更坚定更深邃地闪烁着，在她的阴暗的脸上现出一个挑战的表情。我仿佛在读一册摊开的书本，我读出了她的监牢生活的苦痛，她的决心的强烈的表现……我们的共同的过去生涯里的欢乐和愁苦在我的眼前展开了，我如今又生活在旧的环境里面。我和她在沙克斯的小咖啡店里初次见面的那一幕可纪念的景象清晰地重现了出来。在十一月的傍晚，那间屋子是十分寒冷，我作完工回来，就在我平日的座位上坐了，老主顾们一个个地走进来，不久我便和对面一桌的两个俄国亡命者起了激烈的辩论。门开了，一个年轻的女子进来，她有着健壮的身体，充满着青春的朝气，她一进来就散布着精力和生命的气息。我很奇怪这个新来的女子是什么人。我在运动里过了两年，所有纽约革命圈子里的人物我都知道；这女郎显然是一个陌生的人，我确信我从没有在我们的集会里遇见过她。这里的老板正打我面前经过，我便向他打招呼。他对我微笑，已经猜到了我要问的话。他低声说："你想知道那位年轻女士是谁吗？我就去给你打听。"然而我却设法到她那一桌去，过了片刻我们就没有拘束地谈起话来，仿佛是两个老朋友。我知道她离开了罗彻斯特的家到纽约来，为的是逃避那闷人的内地的空气。她是一个裁缝，她希望在这里能找到工作。我喜欢她那种质朴坦白的态度，她还说出“同志”的字眼，这更使我十分惊喜。那么，她是我们中间的一员了。我便得意地叙述着我们的团体的活动。她应该参加某一些重要的集会，会见许多人物。哈塞尔曼开了一班讲授社会学，修尔兹也在作一些有价值的连续演讲。“你听过莫斯特演说吗？”我突然问道。她没有听过。“没有？你应该听听我们这位老大师的演讲。他明天就有演讲会；你肯和我同去吗？”——我好容易等到了第二天傍晚，更急忙跑到咖啡店去。外面很冷，我和这位“罗彻斯特同志”一道走过一些又暗又窄的街道，两人热心地谈论着各种事情。古旧的人行道不平坦，有缝隙，而且还有装满污垢的洞孔。当我们跨过德南塞街的时候，她滑了脚，差不多要跌倒了，她的头刚刚要碰着边石，我连忙抱住了她。“你救了我的性命，”她望着我微笑，她的眼珠活泼地跳动着……我骄傲地把我这新朋友介绍给格陀的“知识分子”，介绍到亡命的侨民中间去。呵，生存毕竟是多么地快活！……革命俄罗斯的全部历史都在我们的圈子里反映出来了，虚无主义的各阶段，政治见解的各方面都包含在这里面。我看见那以炸车事件闻名的哈特曼，在他的旁边坐着那个“大俄国人”派的老革命家，他有着飘动的长须和强健的身躯，还有那身材肥大的席维奇，他是一个典型的贵族，却甘愿投身到贫民的队伍里面。在侨民中间还很难显著地区分出信仰的派别来：加汉在我们里面，带着他那响亮的声音和慷慨激昂的精神。大学生索洛塔若夫的苍白的面孔非常触目。密勒是一个诗人似的雄辩家，他的弟弟布南兑斯从阿德沙的监狱出来，相貌很憔悴。还有 T、A、R、W，这几个人都是非常热诚地努力于那共同的事业。屠格涅夫和车尔尼雪夫斯基的典型，陀斯妥耶夫斯基和涅克拉索夫的典型混杂在纠纷错杂的现实里，显露了它们所特有的阴影和光辉。我们的侨民中间还有别的分子，这都是沙皇政治的沸水里溅出来的水滴。这些在发展形成途中的形态还在旧传统和新环境的模子里面铸造。将来有一天会有一个新的屠格涅夫用他的巨匠的手腕把它改铸出来，谁知道这会是一个什么样的人物呢？……

独房里的时间常常被过去的景象照亮而缩短了。我重回到了那些可纪念的年代里，一切都极其详细地出现在我的眼前。那时候，我、爱玛、费加三个人被革命的热望和亲密的友情密切地连系在一起。那些日子的生活是何等有兴趣，何等有希望！我在工厂里做完了一天的苦工出来就急忙跑回沙弗克街的小房间去。鸟笼一般的寝室又小又窄，里面有一张小桌和孤零零的一把椅子，这样的地方居然变成了决定世界福利的运命之密室。小床上面可坐两个人，那把摇晃的破椅上另外坐一个。倘使有别人来拜访我们，我们就只得站在屋子中间，使空气里装满了我们年轻的心的热烈的希望，这时候我们坚决地相信我们正急忙大跨着进步的脚步，向着那灿烂的黎明迈进。

外面世界的生活的回忆增加了独房里的痛苦。我觉得我在这里受苦是徒然无益的。我的生存的使命在我做了那件行动后就完结了，我继续活下去有什么好处？把我当作阶级的不义和政治的迫害的一个活例，我的这种宣传的价值也并不足以使我负着生存的义务，而且我差不多被监禁了三年了。至于逃走的希望，我不断地受着特别监视，整天都留在重重加锁的监房里，在这种情形下，哪里还想得到逃狱，现在连和诺尔德、包尔两人通信息的事情也一天天地变得更加困难了。我的健康很快地在崩坏着，连走路也有些不方便，这一切的痛楚和苦刑究竟有什么用处？……

这种时候我是站在永恒的边沿上了。我不知道系住这一根软弱的生命之线的究竟只是冷淡和倦怠，还是自然的法则和天赋的反抗精神。倘使我不是在敌人的手里，我一定会毫不踌躇地跨过这个关口。自然作为我们运动的先驱者，我应该活着，应该奋斗。但是没有活动，没有兴趣的生活却是很可怕的……我渴望着同情，渴望着友爱。我怀着痛楚的心记起了我的同志和朋友，记起了爱玛。渐渐地我的心留恋在温柔的回忆上面了。我常常半夜醒过来，带着一种激情的欲望想看见一个爱娇的面孔，想抚摩一只柔软的手。我的心里充满了对于我所认识的女人们的狂恋，她们一个一个地在我的眼前走过，从我的少年时代起直到和女性的嘴唇的最后接吻为止，我所爱过的女人都重回到我的生活里来了。我怀着颤抖的心情回忆起每一瞥光辉的注视，每一个温柔的声音。在上学去的路上我遇着小拉狄亚，假装不看见她，那时候我的心跳得多么厉害。我回过头去欣赏她那在微风里飘动的金色鬈发，却使得正在暗中偷偷地看我的她受窘了。我暗地里爱着她，但是当我的同学提议给我介绍的时候，我却骄傲地谢绝了。我真蠢！然而在一个寒冬的傍晚我等到邻家的婢女跨过院子的时候，我却没有一点惧怕，我又多么放肆地和她抱吻！她不是一位小姐，她又是那么简单，自然，她责备我不该知道像我这样年纪的"一个孩子不该做的事情"。可是她又接连地吻我，她那粗糙的大手的爱抚煽旺起了我的激情。……我那爱尔追记街的精神上的爱人站在我的面前，接着纽约生活的头几年间的情欲又一一地来刺激我。……从新港的日子里升起了柳巴的影像，她拿那种对于不能到手的东西的说不出的渴望压倒了我。……

地牢里生长的爱的花

地牢里充满着腐朽的臭味，又很潮湿。黑暗成了差不多看得见的东西，静寂窒息了我的呼吸；然而我前次所经验到的恐怖已经减轻了。我这一次关在这地下监房里的时间也许会比上次久一点，因为他们把我这次的暴行看得很重大。我有了三个罪名：一，损坏国家的财产；二，藏着一把小刀；三，公然对所长作威吓的行动。那天我对着所长讲话时，看见看守们聚集在我背后等待着，那时候我便明白这是怎么一回事情了。他们预备着殴打我。我急忙走到所长身边，捏紧拳头在他的脸上晃了几下，一面大声说：

“倘使他们动了我一下，我就要向你本人算帐。”

他的脸马上成了苍白色。他极力做出镇静的样子，但却还抑不住声音的颤抖。他问道：

“你这是什么意思？你怎敢？”

“我说什么就是什么，我决不肯白白让人殴打的。我的朋友也会替我报仇。”

他带着恶意地默默望了望那些站得笔直的看守们。于是那些人一个一个地退开了，只剩下两个，把我静静地带到地牢里去。

一个低微的，含糊的声音打破了岑寂。我注意地倾听着。这是一个人在这过道另一头的监房里踱来踱去。

“喂！谁在那边？”我叫起来。

没有回答。脚步声依旧响着。这一定是那“不作声的尼克”，他从来不和人讲话。

我准备在地上过夜。地板是光光的，没有床，也没有毛毯。我的上衣，我的鞋也都给他们取去了。监房里非常冷，我的双脚渐渐麻木起来，双手也凉了。我缩成一团蹲在角落里，我的头靠着发霉的墙壁，我的身子靠在石板地上面。我打算思索什么事情，然而我的思想飘浮不定，我的脑筋也冻僵了。

钥匙的响声把我从昏迷中惊醒，禁卒们下地牢来了，我不知道是不是已经天亮。他们走过我的监房，原来早餐的时间还没有到。他们忽然站住，低声谈起话来，我分辨得出典狱格列夫斯的含糊的话语，他向那个沉默的囚犯问道：

"喝一杯吗？"

两重的门吵闹地打开了。

"这里！"

"把杯子递给我，"这嘶嗄的低音很像"疯子斯密司"的声音。自从他的颈项被看守狄恩枪伤了以后，他本来的响亮的声音就变成破声了。

"不行，不给你！"典狱带怒道。

"我决不从你的手里喝一口，你见鬼！你想，我是一条狗吗？”斯密司野蛮地咒骂起来。

两道门都关闭了，又上了锁。脚步声渐渐消去，于是一切又复归于静寂，只有斯密司的加速的脚步单调地响着。这个人是不会和任何囚犯讲话的。

我在昏迷中度过了这长夜，只是每次上面圆厅里起了一点声音，我就会起来去侧耳细听，心里很想知道究竟天亮了没有，一分钟一分钟在凄惨的黑暗里慢慢地捱过去了……

钥匙的声音在我的耳边玎玲地响，就像是甜蜜的音乐。天亮了！禁卒把这天的粮食递给我——二两面包，一夸尔水。面包味道很好，我觉得从没有吃过这样好吃的东西。然而水却没有味，要使我发呕。我差不多一口就吞下了那小块面包，是那么小，那么薄。这一来更引起了我的食欲，我觉得十分饥饿。

在斯密司的门前昨晚的景象又重演了一次。典狱一定要斯密司从一个禁卒手里拿着的杯子里喝水，那个囚犯不肯并且还骂出了各样各种的粗话。忽然那边起了泼水的声音，接着是一声惊叫，又听见监房里的提桶撞落在地上的响声。斯密司把他的便器里的东西泼在看守们的身上了，他们就忙乱地跑出了地牢。

过后许多人的脚步声又在地牢里响起来。许多压抑住的声音低低地讨论着。我分辨得出霍卜金司的粗声的耳语，吴之、麦克尔文一些人的声调。我听见“两边一齐来”这几个字。原来地牢里有几间监房有着前后两道门，这是为着便于制伏那些爱吵闹的囚犯而设的，斯密司老是被关在这种监房里面。我现在明白看守们是预备去殴打那个狂人了，我不禁战栗起来。他这许多年来都受着单独禁锢，没有间断过，身体早就因此衰弱了，而且他的颈项因了那次的枪伤，至今还时时出血。他在监狱里的时间差不多有一半是在地牢里度过的。这次他已经在这里住了十二天了。这是……我听见那边可怕的殴打的闹声，不由得紧紧地闭起我的两眼来。

一点钟一点钟地捱过去。忽然间单调被打破了，原来禁卒们又带了另一个囚犯进地牢里来。我听见这个新囚犯从地洞的深处发出来的厉害的抽泣声。

“谁在那边？”我问道。我又叫了一次，依旧得不着回答。也许这个新来的人怕禁卒们在旁边偷听。我便再叫道：

“喂，朋友！禁子已经走了。你是谁？我是亚历克，亚历山大·柏克曼。”

“亚历克，是你吗？这是小约翰。”这个年轻的声音听起来很熟，却又被可怜的呻吟打断了。我还分辨不出这是谁的声音。

“哪一个小约翰？”

“小约翰·大卫士——你知道——袜子工场。我刚才——杀死了一个人。”

他一面哭着，一面讲说他的事情，我兴奋地听着。小约翰回到了店里，他想他应该再来试一下，他希望能够好好地干一次。起初事情进行得还如意，可是过了一些时候亚丹士来做了店里的杂役。小约翰本来不会和他生一点关系的，然而他却时时纠缠着小约翰，一定不肯放松，于是——

“亚历克，那，你知道，”那孩子突然害羞起来，“他完全造我的谣，真是岂有此理。他向人说他‘操’过我。天呀，要是我的母亲知道还得了！我实在不能够忍下去，亚历克，我发誓，我实在不能够。我——我杀了这条说谎的狗，如今——今我——我要受绞刑，”他啜泣着，好像他的心就要破碎一般。

我便安慰这可怜的孩子，我说也许事情毕竟还不致于那么坏，我的声音里带着温和亲切的调子。我给他留下一点希望，我说也许亚丹士不会死。他是一个强壮的汉子，又高大，又有气力，他大概会活着。

小约翰热心地倾听着我的话，他渐渐高兴起来。我们便谈论着快来的监狱考察的事，又谈到牢里的种种事情。他说也许考察团会把他赦免。但是他突然又被恐怖压倒，重新哭泣、呻吟起来。

又有一些人被掷进地牢里来。他们带进来上面世界里的消息。打架的事像瘟疫一般跟着近来的新命令连续发生。完全禁止谈话，其结果产生了更多的暴行。小汤密详细讲说他的事件。他尖声叫着：“伙伴听着，那个畜生在队伍里推我，我掉过身子预备揍他一下，可是那禁子又向我吹哨子了。我再没有机会说话，我就索性给他一记耳光。听见了吗？”然而他说他相信夜里便会被放出去，或者至多也不过关到明天早晨。“昨天在天井里殴打的那些伙伴也没有进地洞来。禁子们就只把他们关在监房里。山地知道考察团不久就要来了。”

小约翰打断了这个多嘴的孩子的话头，他焦急地问起亚丹士的事情。当我知道那个人的伤并不沉重的时候，我也替他高兴。亚丹士的伤处在肩头，但是他当时还能够不要人扶持，一个人走到医院里去。小约翰心里充满了静静的快乐，别的人却在跳舞唱歌。我背诵了一首涅克拉索夫的诗，孩子们连一个字也听不懂，然而那忧郁的调子很感动他们，他们要我再来一点俄国的东西。但是汤密更热心政治，他兴奋地谈着近来的时事。谈到选举问题，他骂布拉恩道：“十六元一票，听我说，他要给每个人十六块钱。他要给！这东西！”于是孩子们都热心地讨论起民主党和共和党的优劣来，小汤密忠实地站在共和党一边，他大声嚷着："我祖父和我父亲都是共和党人，而且我的哥哥们都投共和党的票。我永远赞成这个又大又老的政党。"有人责备他的政治知识不够，要他说明货币本位中的差别。汤密勇敢地求我与他合作，但是他等不到我有机会开口就谈到别的事情上面去了。他又骂西班牙不该侵略古巴，他坚决地主张像美国这样的一个自由的国家不能够看着奴隶制度留在它门口。每个题目都讨论过了。汤密说得非常快，一下又扯到新的问题上面去，这样地继续着。忽然他又谈起牢里的事情，过后便回忆到从前的日子，他又想起从前在那煤烟的城市里在街上流浪时偶尔吃过的"好饮食"，这时候就禁不住大声咣着嘴响。他用亲密的口气唤我："喂，亚历克，朋友，我赚了不少的铜板，规规矩矩的。怎样？卖号外，自然哪！老实说，规规矩矩的，那些日子的确不错。钱容易赚，报纸卖出去就像出锅的热点心一样。亚历克，你想再来干那生意吗？"

我们彼此看不见，却谈得很高兴，讲故事、说趣话。孩子们更谈个不歇，好像是害怕寂寞一般。然而有时候也来一下休息。我们都沉默着，各人想着自己的事。休息便延长起来——延长到成为寂静。只有“疯人斯密司”的微弱的脚步声扰乱了岑寂。

到了夜间，年轻的囚犯们都被放出去了。然而小约翰还留着，他的恐惧又生长起来。夜里他不断地把我从昏睡中吵醒，要我保证他并没有受绞刑的危险，而且他不致于因那件事情被带到法庭去受审讯。我便用种种安慰的话来减除他的畏惧心，我说所长素来就厌恶把牢里的性行为声张出去让外人知道，并且所长还正式声明过狱里决没有这种事情。因此这类事情虽然差不多每礼拜都有，可是从没有人因此被带到法庭去过。

小约翰渐渐安静下来了，我们便谈起他的家庭的事，很坦白、很亲信地谈着。我注意到他的声音变得很温柔了，我心里十分高兴。忽然他出乎我意料之外地问我道：

“亚历克朋友，你的俄文名字叫什么？”

他喜欢我的小名“沙兴加”，很亲密地念着这个外国字，过后又羞怯地说他不喜欢他自己的名字，他便把他最近读过的一个漂流的古巴青年的故事说给我听，那个青年的名字是菲利普，菲利普和他很相像。

“那么我就叫你做菲利普，好吗？”我提议说。

“好，请这样叫吧，亚历克，亲爱的。亚历克，不，沙兴加。”

我把身子缩作一团躺在石板地上，又冷又饿，但我的心里却涌出了爱的喷泉。我闭着两眼，脑里绘出了这个孩子的面颜，有他那一张秀美的脸和那两片敏感的少女般的嘴唇。

“亲爱的沙兴加，晚安。”他唤着。

“晚安，小菲利普。”

早晨我们得到一块面包和一点水。我饥饿得了不得，这么一点粮食实在不能够减轻我的锐利的痛苦。斯密司还不肯接收典狱手里传来的饮食，他的门仍旧关着。小约翰很焦急地哀求典狱告诉他，他还得在地牢里住多久；然而格利弗斯并不回答，却只用了一个粗鄙的坏字眼来形容这孩子。

“典狱，”我抑制不住愤怒，大声叫起来，“他很客气地向你发问。便是我，我也会给他一个合理的回答的。”

“你管你自己的事情，听见吗？”他这样答复我。

但是我固执着，定要保护我的青年朋友，我责骂典狱，说他不该用那种字眼。他很生气，急忙走开了，他还恐吓我说要用对待斯密司的方法待我。

小约翰因为这事情全是由他而起，所以心里很焦虑，典狱的恐吓很使他不安，他警告我要我好好地当心。我的监房有两道门，我耽心地等着一个突然的攻击。然而过了好几点钟，都不见典狱回来，我们的恐惧也就减少了。小约翰很替我欢喜，而且很感激我给他帮忙。

这件事情使我们更加亲近。我们起初还有点不好意思，如今我们很坦白地互相亲爱了。我们的谈话时常中断，因为我们都没有力气，又很疲倦。然而每过一会儿我们总要说几句彼此安慰的话。斯密司不停地在监房里走着，河鼠啃东西的声音也送到了我们的耳边，这静寂时时被狂人的怪叫冲破，这声音就像告诉我们一个可怕的预兆似地把我们惊骇住了。这岑寂渐渐变得难堪了，小约翰便又唤道：

“沙兴加，你在做什么？”

“呵，我没做什么。菲利普，我不过在想。”

“亲爱的，你也想到我吗？”

“是，孩子我在想你。”

“沙夏，亲爱的，我也在想。”

“什么，菲利普？”

“我所关切的人就只有你一个。我再没有一个朋友。”

“菲利普，你很关切我吗？”

“你肯答应不笑我吗，沙兴加？”

“我决不笑你。”

“那么把你的手放在胸上做个十字记号。沙夏，你做了吗？”

“做了。”

“那么我告诉你。我在想——呵，我怎么好说呢？我在想。沙兴加，倘使你和我一起在这里的话，我倒愿意和你亲嘴。”

一种说不出的快乐使我的心温暖了，我默默不作声。

“沙兴加，什么事情？你为什么不说一句话？你在和我生气吗？”

“不，菲利普，你这傻孩子。”

“那么，你在笑我了。”

“不，亲爱的，我的想法恰恰和你的一样。”

“真的？”

“是，真的，”

“呵，沙兴加，我真是快活得很。”

傍晚禁卒下来带小约翰出去。他们告诉他，要把他移到上面牢里去。他走过我的监房时，低声对我说：“沙兴加，希望不久再和你见面。”一个和我相熟的看守敲着我的监房的外面一道格子门，对我说："柏克曼，你在这里？你和典狱吵。他让你在这地牢里多住两天，因为你侮辱了他。"

孩子一去，我觉得更寂寞了。静寂变得更难堪，而黑暗的时刻也更沉重了。

我在地牢里住了七天。这个星期完结的时候，我的身体僵硬而衰弱，东偏西倒地跟在禁卒后面，向着澡堂走去。我的身子看起来瘦得骇人，差不多成了一具骷髅，给冷水一淋，我的饥饿的痛苦又变得很锐利了，看见那些看守们抽烟，瘾也发了，简直抑制不住。我以为他们会把我带进一个监房去，所以当我被领到北部去的时候，我默默地高兴着我的胜利。然而到了监房部里，典狱却把我派到A排的下层去，那是"疯人部"。我的神经被地牢的经验弄得失了常态，现在又为这个可怕的提议所激怒，我便狂怒地抗议起来，我要他们立刻把我送回"洞"里去。我的暴怒把典狱骇着了，他想讨好我，到底让了步。我被关在三十五号监房内，“疯癫队”的一排监房和这里只隔着几间囚室。

看守们一走，杂役夫马上就跑来报告最近的新闻。考察[1]已经完毕，所长被洗刷得干干净净，没有一点事情。起初我非常惊愕，不能够了解这种奇怪的情形。过了一会儿比利激动地给我讲了那故事，我便渐渐明白它的全部意义了。全个监狱里都这样传着。慈善事业委员会派秘书J. F. 托南斯来主持这次考察，托南斯是所长的亲密的朋友。为了谨慎起见，他们便把我在地牢里多关了几天。托南斯私下接见了亚丹士两三个人，一口答应减短他们的刑期，不管他们过去的品行如何坏，也不问他们将来的行为如何。这位秘书早就教好他们，要他们与监狱当局合作，把一切过错全推在我的身上。考察团也不传别的证人来问，在一个钟头里面“考察”就算完结，全体委员都到隔壁所长家里去用午餐。

---

① 一个期满出狱的囚犯曾经递了一份呈文到慈善事业委员会，去控告监狱当局办理不善，所以后来派了考察团到监狱来考察。

“我们被人忘记一天天腐烂下去”

一

一年的独房生活消耗了我的精力，把我弄得衰弱疲困，没有一点生气。我盼望能够早点脱离这种完全孤独的状态，可是这希望又似乎断绝了。我一天天地觉得我的活力在减退，生存因了失望变得更可怕了。在漫漫的长夜里，失眠症折磨着我，我的身体又被不断的痛楚摧残着。我的全个心里就只有黑暗。

特赦委员会开会期逼近的时候，一线光亮从云里透了出来。我拚命地抓住那一线的希望，以为或许会得到一个顺利的决定。我狂热地反复读着爱玛的来信，知道一些叫人高兴的好消息。她的信上写着，我的呈文已经得着许多劳动团体的支持。同志开里又不倦地为着我的事情奔走，他的努力居然激起了公众的同情，这又给我一个吉兆。代表十万余名工人的宾夕法尼亚劳工联合会也通过了一个赞助我的释放的议决案。此外还有其他个人的和团体的同样的表示。这些都会送到特赦委员会去，那般官吏不会把组织的劳工的呼声置之不理，这大概可以相信。我充满了焦虑和希望，计算着日子和钟点，那个决定命运的时刻逼近，我的性急和恐惧更使我激动得十分厉害。自由的幻景在我的面前荡漾着。一想到和爱玛以及我从前的其他的旧同伴会面，这幻景就显得更美丽了。在静寂的夜里我不停地在监房内踱着，这时候想起了回到外面世界中去的事情，不由得我全身战抖起来。

突然间我又想起了那些牢里的朋友，这思想就搅乱了我的幻景。我怀了那从共同的灾祸生出来的温情想着他们的命运，我决定将来送他们一点小东西，寄一两封信函（每个囚犯都把这些看得很贵重）来减轻他们生活的痛苦。我出狱后第一个举动就是去纪念那些因了共同受苦而和我很接近的人。我许多年来和他们分享过了惩役所生活的无数的愁苦和极少的一点欢乐，因此我觉得我离开他们一个人出去，差不多就像犯了一件罪似的。然而从此以后他们的事情，就是我的事情，而且是那个更大的社会的事业的一个重要部分。我要不断地努力来改善他们的情形，我还要尽力替我的小朋友大卫士设法，我一定要把他救出来。那个孩子要是能够在外面和我在一起，他不知道会多么快活！……阴暗的灯光忽然亮了一下，把我的幻想赶走了，我又怀着对于明天的判决的急切的悬念和热烈的希望，在监房里踱起来。

正午时分我被唤到所长那里去。他一定接到了委员会的公事——我一路上这样想着。所长闲适地坐在安乐椅上，他的眼睛闪烁着，他的脸色很黄，而且带了疲倦的样子。他要我坐下，这时候我几乎不能够再忍耐下去了，他吩咐看守走开，我更起了一个极大的希望。他不害怕——也许是个好消息！

“柏克曼，请坐，”他带着平日所没有的那种殷勤说道。“我刚刚得到哈立斯堡来的信。你的律师要我告诉你说，特赦委员会现在已经办你的案子了。也许这时候正在考虑中。”

我不作声。所长仔细地打量着我。

“倘使你出了狱，你是不是回到纽约去？”他问道。

“是。”

“你以后有什么计划？”

“那个，我现在还没有打算过。”

“你是不是回到你的安那其主义的朋友中间去？”

“当然。”

“你的见解还没有改变？”

“一点也没有。”

一个禁子走进来，报告道：“所长，有公事。”

“柏克曼，你在这里等一下，”所长说完就走了。那个看守却留着。

过了几分钟所长回来，他把那个禁卒遣开了。

“我刚刚得到消息说委员会不肯受理你的案子。”

我觉得冷汗沿着我的背流了下来。本来牢里就风传说所长反对我的减刑，这时候我忽然想起了这个传闻。特赦委员会对我上次的呈文曾经答应过重审我的案子——为什么现在忽然会不肯受理呢？

“所长，”我叫道，“你反对过我的特赦！”

“那是督察员的权利，”他推诿地说。他那种奇特的调子更增加了我的疑心。

一种绝望的感觉占有着我。我觉得所长的眼光定在我的脸上，我极力抑制着我的感情。

“你还有多少年？”他问道。

“十一年多一点。”

“你这次在独房里关了多久？”

“十六个月。”

“在你们那一排有一个空位置。副打扫夫明天要回家去了。你是不是喜欢这个位置？”他好奇地看着我。

“是。”

“等我再想想看。”

我有气没力地站起来，但是他却叫我仍旧坐着：“现在，柏克曼，你看看这个。”

他拿起一个小小的木箱，里面有几块石膏模型，他这奇怪的动作使我觉得很诧异。

“你知道这是什么东西？”他问道。

“我想这是石膏模型。”

“什么东西的模型？为着什么用处？你好好地把它们看一下。”

我冷淡地看着那模型，上面清清楚楚刻着一只老鹰。

“我相信这是一个银元的模型。”

“我很高兴你老实地直说了，我相信你是知道的。我看过你的借书单子，知道你借过一些冶金术的书籍。”

“呀！你疑心我干这事情吗？”我冒起火来。

“不，这一次我们并不疑心你，”他带着暗示地微笑说。

“你从图书室里各种各样的书都借得到。我和教诲师谈过活，他肯定地说你不会干制造伪币的事情，因为这是在抢劫穷人。”

“教诲师读惯了我的信函，所以他一定也很明白安那其主义的思想。”

“不错，米利甘先生把你看得很高。他以为你会反对监狱当局，然而他担保你不会鼓动人去犯这种罪。”

“我很高兴他说过这种话。”

“那么你是不是会保护联邦政府？”

“我不懂你的意思。”

“你会保护人民，使他们不受伪币的欺骗，是不是？”

“政府和人民是两样东西。”

他稍稍红了脸，便皱起眉头问道：“然而你要保护人民，是不是？”

“不错，那当然。”

他的脸上现了喜色。“呵，诚然，诚然，”他又安心地微笑着。“这些模型是藏在北部里的。不；不是在监房里，是在厅子里发见的。我们疑心一个人，就是埃得·斯龙；他的监房比你的高两层。柏克曼，现在监狱当局很想澈查这件事情，这是对于人民的犯罪。你也许听见过斯龙和他的邻人谈起这件事。”

“没有。我相信你们错疑了好人。”

“怎样会呢？”

“斯龙病得厉害。他绝对想不到这种事情。”

“我们疑心他，也有一些理由。我说倘使你无意间听见什么话，你就马上打门告诉看守说你生病。我会嘱咐他们，在那时候就把我找去。”

“所长，这个我办不到。”

“为什么办不到？”他问道。

“我不是一个奸细。”

“为什么，柏克曼，你当然不是。我也不会叫你去做奸细。然而你有朋友住在那一排，你也许会知道一些事情。好吧，你把这事情仔细想想看，”他说毕就叫我出去。

当我走到监房门前的时候，失望和愤怒在我的心里激斗着，我对特赦委员会的处置感到深的失望，所长的提议又使我十分恼怒。看守正要把我锁在监房里面了，典狱却昂头阔步地走来。

“看守，把他放出来，”他命令道。“柏克曼，所长派你做副杂役夫去。向麦克尔文先生领一把扫帚。”

二

然而意外的释放增加了我的自由的希望。在我的独房禁锢期内已经发生过了大的变化，我出了独房第一件事就是要使自己安定下来，认清楚周围的情形。有几个我可以信赖的朋友已经出了狱，还有几个在考察期内又被移到南房去，为的使我不能够再和他们通信息。监房部里来了许多新人，我有好些伙伴都不见了。A 和 F，两排监房的下半部现在专门给狂人居住了，狂人的数目大大地增加着。可怜的独臂也不见了。他疯狂得很厉害，时时被关在地牢里，最后便被送到一所疯人院去了，过了两月他就死在那里面。他的监房现在是被爱尔兰买克占着，这是一个性情很好的孩子，却被独房禁锢弄得发狂了。他爬在地上跳来跳去，叫道:“咩咩，看羊子啦。我是一只羊，咩咩。”一些熟识的面孔从“疯癫队”的一排监房里注视着我，带着狂暴的眼睛，身体像尸首一般，他们的精神已经破碎了，他们的身体瘦成了一个影子，当我望着那些曾经充满着智慧和青春的面孔的时候，我知道我是怎样徼幸地逃掉了这样的一个命运，我也禁不住战抖起来，我明白西德和尼克已经不能够认识我，他们的记忆完全失了作用，那时候我的心痛得很厉害。帕次，那个匹兹堡的擦鞋匠站在门口，不动一动，他的眼光迟钝，嘴唇上露着一个疯狂的微笑。

我从一个监房走到另一个监房，就像走过一块活尸的墓地，只有买克的继续的狂喊和羊叫打破了这难堪的沉默。这些人整天被关在房子里，运动娱乐的权利都给取消了，因为犯规，他们的饮食也被减少了。看见这种种可怕的悲惨情形，多少减轻了一点我思念小约翰·大卫士的悲痛。我的年轻朋友在那污秽的囚笼里患了病，他哀求他们把他送进病院去。然而医生说照他的病状看来他实在没有进病院的必要，况且他现在又在处罚期间。可怜的孩子他不知受了多大的苦楚。有一天人们在他的监房的地板上找着他的尸首。

运动和监房外面的较大的自由使我的身体渐渐恢复了它的力量。所长的本意是要引诱我堕落，结果这反使我得了好处。他一生就只知道腐败和伪善，所以他把人性看得这么低，这使我不由得要带着鄙视地微笑了。然而想起舆论的浅薄真叫人灰心！莱特所长居然被人誉为一个前进的人，又是对于犯罪学深有研究的学者，并且说他在犯人的待遇上还新创了一些近代的方法。全国监狱协会把莱特所长选做参加一九〇〇年将在布律塞开会的国际大会的代表，作为一种尊敬与感佩的表示。事实上所长时时刻刻都在发明拷问的新的形式，不许闲着的人运动，又用全力来增加疾病和疯狂，想藉此废掉那限制囚犯作工的法律。他的判断力的幼稚很叫人看不起。关于囚犯和外面劳工竞争的舆论已经使州政府大为动容了，所长的努力虽然对犯人有极大的害处，但也免不掉会失败。他所自负的三十年的经验也是同样地靠不住。他很有把握地疑心埃得·斯龙干了铸造伪币的事，其实这不过是瞎猜而已。真正的罪人乃是朗阳，这是他所特别赏识的人。朗阳的好朋友，约翰·斯密为了努力"改过自新"起见，便把那事情完全告诉了我。他甚至于把朗阳造的假银元和放在朗阳监房里的原模型一起拿给我看过。至于那个可怜的斯龙，他依旧受着监视，现在慢慢地濒于死亡，没有人管他的病，医生反而骂他故意吃了肥皂装出病象来。

三

这一年带着种种的兴味过去了。爱玛和几个新的通信朋友维系着外面世界的生活的线索。费加渐渐地离开了我们的纽约的团体，现在完全从我的眼界里消失了。然而爱玛却还是坚定而忠实。她按时给我写信，不曾迟误过。她使我知道国际劳工运动的情形，这是在日报上见不着的。她还告诉我种种事情……在她的抑制隐晦的笔调下面我读出了她的痛苦，感到了她不曾说出的个人的哀愁。……

我和匹兹堡、菲拉得非亚两处的朋友们通信又使我知道别的一些有兴味的事情。卡尔·诺尔德时常来信，他还记起他在这牢里时的种种情形，他快活地告诉我他的活动的宣传和他做演说家的成功。还有两个女朋友服尔泰林·德·克来尔和萨拉·帕东也拿她们的充满了爱娇和叛逆思想的信札点缀了我的生活。我常常禁不住要惊奇，为什么这些信函会逃过检查员的眼睛。但是教诲师是一个忙人，倘使把每封信都仔细地阅读一遍，那未免太费时间了。我把我和玛地的通信，拿给我的邻人帕司加勒看，这是一个意大利青年，被判了十六年徒刑的，他对那照片上的美丽的面庞起了一种强烈的激情，可是那调皮的眼睛和甜蜜的嘴唇只给我留下一个短时的印象。我的思想转到了我的年轻朋友，躺在囚人墓里的小约翰身上。地上垫起了厚的雪，泥土下面一定很冷。白的衣衫重重地压着这个孤寂的孩子，就像囚笼里的闷人的黑夜一样。然而在春天绿色的小叶会生出来，也许还有一朵蔷薇的蓓蕾羞怯地慢慢儿开放着白色的花朵，在空气里散布着芳香，后来就会落下秋天的泪珠，滴在小约翰的坟墓上面。

枯树的花

一

这是九月十九日。监房部在午后的朦胧中显得静寂而阴暗，天井里落着大雨。我站在门前，幻想一些事情。在模糊的微光中我看见我自己被人押着走过那边的大门——那是在十年前的今天。墙壁威吓地屹立在黑暗里，铁格子抓住我的心，我是沉落在绝望的深渊里了。那时候我决不会相信我活得过这许多悲惨和痛苦的年头。然而灵敏的雨脚带了希望地在地上滴着。它的泪珠驱散了一天的云雾，带来了光明。我不久就要走进阳光里去，而且会变成一个健全的人，就像世界必须由苦痛的斗争中生长一样——

“鲜鱼！”一个杂役夫指着那一长列穿条纹布的囚犯说，他们正垂头丧气地走过天井，一颠一跛地走着生疏的连锁步伐。门开了，无期徒刑犯亚奈克·基伦向我打招呼，他一步一步很均匀地慢慢走过来。杂役夫高资和我的年轻的助手哈利偷偷地和他一起进了我的监房，他们的那种神秘的样子引起了我的好奇心。

“孩子们，什么事情？”

他们迟疑了一会，彼此对看了几眼，不大好意思地微笑着。

“基伦，你说，”哈利低声道。

基伦小心地打开一个小包，接着一阵花香就在监房里散布开来。那个老犯人把一朵大的红蔷薇递给我的时候，他张惶得几乎说不出话。“我们在温室里偷来的，”他说。

“亚历克，给你的，”哈利加了一句。

“为着你的十周年纪念，”高资纠正道，“祝你运气好，亚历克。”

他们默默地握了我的手，就偷偷地走出了监房。

在孤寂里我沉思着这个动人的纪念，这些人——社会认为他们是一种耻辱，所以把他们藏在灰色的狱墙里。……他们每天被送到这个坟墓里来给活埋，虽然这已经继续了许多年了，然而到现在这事情依旧没有完结。这些人，他们的存在被剥夺了快乐与生活，这生存也就成为没有意义的了。据说这些时候世界正在不断地进步。科学和哲学、艺术和文学都有极大的发展。然而那使贫困增加，使监狱人满的进步又在什么地方呢？我听说，X 光线的发明可以促进新的科学的研究。但是那个在人类了解与互助中看出真正进步的要素来的社会洞察力的 X 光线又在什么地方呢？……科学和工业的进步并不会增进人类幸福与社会的和谐，却只是加重了不平，增强了对立。费了如许多的牺牲和痛苦得来的学问也没有一点结果，因为缺乏着智慧来把所得的教训适当地应用。倘使人类不把自己划分为互相敌对的阶级，将最好的精力用来作不必要的，自杀的，流血的斗争，那么人的成就会是不可限量的。而且这些人，还有那成千成万被残酷的愚蠢所摧残了的人。他们被社会责罚，只为了社会自己所干的蠢事，所犯的过失。年轻的哈利便是一个。他是一个街头的孩子，他一生就没有受过一只爱怜的手的抚摩。他没有母亲，父亲只知道喝酒，他不过十岁的光景，就被法律的那只残酷的手紧紧抓住了。这个社会的孤儿从此就在感化学校和感化院两处转来转去——“亚历克，你知道，”他说，“我一辈子就没舒舒服服地吃一顿好饭，你知道，只有一次在圣诞节，在感化院里面。”他现在十九岁了，然而从小他就没有见过一天自由的日子。

三年前他从摩根查感化学校逃走未成，弄死了一个看守，因此被判了十六年的徒刑，关到惩役所来。那个看守是缝纫工场的工头，哈利和别的一些青年都在那里作工。他劝诱哈利做额外的工作，偶尔给这孩子一点黄油面包或一块点心作为报酬。渐渐地哈利的这种自动的努力就变成他的规定工作的一部分，而点心的报酬也来得更少了。然而到了报酬完全取消的时候，哈利就反抗起来，再不肯多做他名分以外的工作。看守把他报告上去，但是监督却责备看守不该擅自增加工作，哈利得了胜利，很是高兴；然而不到几天就开始了有系统的压迫，使这孩子的生活一天天地变得更难忍受了。那个怀恨的看守想尽了种种方法向哈利复仇，到后来把这孩子逼得没有一点办法，他才决定逃走。这个十四岁的孩子和别的几个小孩商量好逃到洛杉矶去，在那里去赶印第安野人，过杰西·詹姆士[①]的那种无忧无虑的独立生活。哈利回忆地把那事情详细告诉我道："亚历克，你知道。我们本可以弄得很好，我们共有十一个。然而那些小家伙都害怕工头。他常常欺负我们，打我们，所以有些孩子要我们先把禁子弄掉，才肯走。我那伙伴拉基先动手，打得很得劲，过后我就来，我打得很轻，然而在庭上他们都说两次都是我在打。拉基家里有钱，所以他没事。我就判了十六年。"他的眼里满含着泪，他悲痛地说："我

① 杰西·詹姆士（Jesse James）：一个著名的美国强盗首领。

很小就没到外面去过，现在我又生了病，我说不定会死在这里。”

二

我们一面低声谈话，一面扫地。我故意放慢脚步，使哈利不致于落后。他有气无力地把扫帚在地板上面拖。他的相貌很古怪，看起来就会叫人起怜悯的感觉。他的带病的面容白得和监牢的墙壁一样，很像一个小孩的脸。他那两个起皱的眼窝有点带老气，他的大头和那发育不完全的瘦小的身子完全不相称。他时时掉过头来看我，他的脸上露了一种忧郁的惊愕，好像他看见什么东西走过他面前似的。我禁不住常常想，世间还有比我们这社会对这孩子所犯的罪更可怕更可恶的吗？这一株小树被残暴的脚跟践踏坏了，就没有发过芽。然而他却有着可以成为一个真实的人的要素。他的智力很幼稚，但是他却具有特性和胆量，以及潜伏的未用过的力量。他的感情的坦白差不多到了叫人不能相信的程度。他没有道德的观念，也不喜欢交际，他就像一株野菊花生长在大树林中，却能够胆怯地固执着它自己的存在。我们一提到“外面”，他的眼睛里就现露了一种深切的渴慕，这情景很使我苦痛。他常常问我：“亚历克，告诉我，在大街上走路，知道你自己想到什么地方去，就可以到什么地方去，没有一个禁子在背后跟你，这究竟是什么样的一种味道？”他反复地说，只要他能够有一个机会，他一定很小心不再惹出事来！他很想认识一个漂亮的姑娘，他红着脸把这个也告诉我了，他一生就没有一个女朋友。然而他恐怕他活不到多久了。他的肺部很坏，现在他的父亲也死了，没有一个人会给他设法请求特赦。即使他的父亲不死，他也不会给他设法。他一天只知道喝酒，从来就不肯照管他的儿女。“他连一个小孩也不配养，”哈利愤激地说。他的姊姊也不会帮忙他，那个可怜的女子靠着在工场里做工生活。“她在渍物工厂里做了那么久，”哈利解释道，“那家伙，那里的老板一定很有钱，这是个大工厂。他得给她一点钱够她去嫁人。”但是他怕他会死在牢里。没有一个人给他帮忙，他没有一个朋友。"我从没有一个朋友，"他渴慕地说，"没有真正的朋友，在感化院里年纪大点的孩子老是欺负我，所有小孩都要给他们欺负。然而他们不是我的朋友，每个人都在法庭上和我作对，他们把过错全推到我一个人身上。每个人都老是和我作对，"他苦恼地反复说。

我一个人在监房里反复地思索着他的话。"每个人都老是和我作对，"我听见那个孩子这样说。我晚上从梦中醒来，黑暗里响着那战抖的叫声："每个人都和我作对。"自小就没有母亲，跟着那无情的整天喝酒的父亲长大，孤零零地被抛弃在街头让法律的巨轮来辗碎他，——这便是那个孩子的命运。难道这就是进步的果实吗？难道这就是我们的基督教文明的精神吗？在孤寂的时间中生活的画图像万花筒一般地在我的眼前展现开来。在这个孩子的寂寞的生活里，我看出了普遍的灾祸与不幸，以及被摧残了的肉体与心灵的一个全景。我看见一切的受苦和惨痛都体现在旧的传统和习俗里，这些传统和习俗重重地压在人类上面，压得那已经被束缚住了的灵魂，翅膀破碎，无力地扑着人为的障碍。灾祸的苍白色的脸在夜里现了出来。静寂也跟着那孩子的哀叫抽泣了。我听见那叫声，它使我强烈地感到一种可怕的过错和不义，它使我非常替我的同类羞愧，它和鳄鱼一样，在吞食它的无助的捕获物的时候也要流下几滴眼泪。沉没了的人们在黑暗中哀号。我要来响应他们，把他们的苦楚传到全世界人的耳里。我和他们在一起受过苦，我也看透了痛苦的深心，我现在要用它的声音和惨痛来向人类发言，把他从冷淡和怠惰中唤醒来，并且给失望的人们带来希望。

一个孩子的心的饥渴

一

我带着深的感觉来观察哈利的心灵的发展。我的友情唤醒了他对于生活的兴趣和希望。他不断地带笑说，他要研究我所指定给他的功课，只为了使我高兴。然而过了一些日子他却很热心地读起书来，他生了一种求知的渴望，这渴望使他那简单的智慧变成了一种很强的，很有特性的智力。这种从牢里的友情的深处生出来的奇特的力量和热望常常使我十分惊异。当我们白天在一起扫地的时候，哈利对我说:“亚历克，我从前不相信友情，然而现在我才觉得，要是当初我有一个真正的朋友，我也决不会在这里了。我们不单是在一起受苦，并且你还使我觉得我们的心可以超过那些规则和铁格子。你知道，禁子们警告过我，叫我不要和你做朋友，我那时也很怕你。我不知道这是怎样的一回事，然而我们去年第一次讲了那么多话的时候，我就觉得有什么东西从你那里出来跑到我身上来了。从那时候起，我就有了一个生活的目标。你知道，我已经看惯了教士们的花样，我也用不着教会，我更不相信灵魂不灭。然而我从你那里得来的理想却缠住了我，缠得那么紧，叫我老实相信世间真有理想不灭的事情。"

一会儿他的脸上又现出了从前那种无助的惊愕的样子，好像他很难驾驭他的思想一般。他停止了工作，他的眼光定在我的眼睛上面。"亚历克，我懂得了，"他说，一个恳切的微笑把他的没有血色的面容照亮了。"你还记得你对我讲的那些家伙的事——呵，"他马上改正道，"我一旦激动起来，我不知不觉地又说出从前的粗话了。你知道你对我说过的西伯利亚犯人的故事，他们有时候逃了出来，虽然别人不准农夫留他们居住，可是那些农夫却放些饮食在他们的茅屋外面，使得一个逃走的犯人不致于饿死。亚历克，你还记得吗？”

“不错，哈利。我很高兴你还没有把它忘记掉。”

“忘记掉？然而，亚历克，几个礼拜以前，我正坐在门口，我看见一只麻雀在厅子里跳来跳去。它好像是又冷又饿。我抛了一片面包给它，但是所长正打这里经过，他叫我拾起来，又把麻雀赶走了。然而我却想起了西伯利亚的农夫，想起了他们怎样把饮食分给逃犯们的事情。我这里还有面包的时候，为什么应该让那只麻雀饿死呢？我现在每晚上都放几片面包在门口，到了早晨，天刚刚亮每个人都还在熟睡的时候，那只麻雀便偷偷地走来，吃它的早饭。亚历克，你知道，这就是理想不灭。”

二

严寒的冬季使哈利的身体受了很坏的影响。监房部的龌龊而炎热的空气更加重了他的痛苦，现在连医生也说他患着初期肺病了。这种病在牢里很猖獗。卫生的规则早被人忽略了，也没有人设法来阻止肺病的传染。哈利的健康很快地坏下去，他走路也很吃力，然而他遇着我的眼光时总是勇敢地振作起精神来。他说："亚历克，我觉得很强壮，我不相信这是痨病。这不过是一个厉害的感冒罢了。"

他还紧紧抱着那微弱的希望，然而有时候他却很巧妙地来试验我是否相信他的话。他装作要去洗手的样子，问我借面巾："亚历克，我可以用你的面巾吗？你真的不怕？"我的外表上相信的神气减少了他的畏惧，他显然又恢复了那个希望。我极力设法减轻他的工作，他的朋友高资每天伺候看守们吃饭，便把他们吃剩的水果和点心分给这个生病的孩子吃。那个好心肠的意大利人的刑期是二十年，他空暇时就在监房里借着微暗的光线编织东西，他拿赚得的报酬弄了一件毛线衫送给他那患肺病的朋友。"我自己用不着。我身体太暖了，"他就这样地打消了哈利的抗议。当他看见哈利的脆弱的身子被干咳震撼着的时候他也禁不住战栗起来，他焦急地在这孩子的身边跑来跑去，带着一种谦逊的温情来看护他。

春天一到，高资就和我商量设法给哈利弄到在天井里运动的特权。这个生肺病的孩子，呼吸不到新鲜空气，整天关在工场或厅子里作工，晚上又被锁在监房里面。我因为在这里已经住了很久，而且刑期将满，所以监狱督察员允许我每天在天井里运动一刻钟。我自从一九〇〇年七月地道被发现以后就没有和土壤接触过，到现在差不多有四年了。然而哈利比我更需要新鲜空气，也许我们可以设法把这特权让给他，这样他的健康会有进步，同时我们还可以把他的案子呈报到特赦委员会去。高资很愤激地断言，把哈利送进这惩役所来是一种不合法的行为。“那时哈利只有十四岁，完全是个小孩。你想想看那个推事居然判他十六年的监禁！为什么，这简直等于死刑！然而你有什么办法呢？记着，这小孩进来的时候——这大概是一八九七年的事情——他还只有十二岁，看起来只像个十岁光景的孩子。他来的时候还穿着短裤，犯人们为了要和他一起走连锁步伐还得深深弯下背去，把手压在他的肩上。他在行列里面简直像一个吃奶的孩子。他一生第一次穿的长裤，就是条纹布的裤子，那时他很害怕，他整天站在门口哭着。过了一些日子他们也觉得这样对付一个小孩，有点不好意思，便把他送到感化院去，但是他已经在这里住了六个月了。呵，这样讲下去又有什么用处？”高资绝望地结论道：“这完全是个腐败的世界。也许我们可以给哈利弄到特赦也未可知。亚历克，老实说，我觉得他就像是我自己的孩子一般。他刚进来我就和他做了朋友，而且他是个好孩子，只是他一辈子从没有得过一个好机会。亚历克，我们来设法募点款子，我要去问教诲师我在公事房里还存多少钱，我想大概有二十二元或者会有二十五元。这都是留着为哈利的事情用的。”

春天渐渐热起来，变成了夏天，铜板银角的捐款凑起来还不够请律师进行哈利的特赦所需的数目。然而那个患病的孩子却不在这监房部了。一连几个礼拜他的干咳声整夜地响着，使得人们不能够闭眼，到后来医生才叫人把他搬到病院里去。“瑞典大汉”来补他的缺，这是一个面带病容的长子，他很吃力地在厅子里慢慢儿擦着地走，时时发出痛苦的呻吟。经过的看守们学他的样子，又开玩笑地伸手去搔他的肋骨。“喂，你，快点走，不要装假。”他骇了一跳，把两手放在腰间，畏缩地避开看守的指头。“你这滑头，我们弄不过你，好。”一个疑惑的病态的微笑罩了他的枯瘦的脸，他只是苦痛地喃喃说：“是的，先生，我生病，很厉害的病。”

第三篇

习艺惩戒所

习艺惩戒所

一

惩役所的大门打开了放我出去，我看见眼前的迷人景象不由得站住了。这是一条街，一排房屋在我的面前伸展出去，一个面孔很可爱的年轻女人在街对面走过。我的眼光跟随着她那优雅的体态，直望到她转了弯为止。许多人围在我旁边。他们穿着普通的服装，却拿好奇的，固执的眼光仔细看我。……手铐紧紧地铐着我的腕节，我跟着执行官进了那辆等待着的马车。一个小孩在旁边跑过，我把头伸出去看那个极其年轻的，玫瑰色脸颊的脸庞。然而看守却不能忍耐地拉下了百叶窗，我们便坐在闷人的静寂里。

便衣的魔力占有了我。这使我快活地觉得我又是一个人了。我时时看我的衣服，并且去摸那好几个袋子，为的是证明我现在的情形的的确确是真实的。我是自由了，那可怖的灰色墙壁也过去了。自由了？然而我现在依旧是法律的俘虏。法律！……

火车头喷着气，发出尖锐的叫声，我的心又急急跑回到另一个旅程上去了。这是十三年零一个礼拜以前的今天。那时候我被一种热烈的爱鼓舞着急急去参加人民的斗争。我离开了家园和朋友，牺牲了自由，而且把生命当作了儿戏。然而人的正义是盲目的，它看不见那个燃烧着的灵魂。法律听不见劳动者的苦痛的呻吟，却只听见了枪声。“我要来复仇，”它这样说。它为了要强取它那完完全全的一磅肉，便不惜让最后的一滴血流尽。十二年零十个月！另外还有一年。在那个新监狱里有什么恐怖等着我呢？那个可怜的忠实的偷马贼再也不会来微笑地给我打招呼了，他在那可怕的习艺惩戒所里面没有活过半年。然而我的精神很强健，我不会屈服的。这一身的服装就是看得见的、摸得到的复活的证据。朋友们的忠诚会给我慰藉和鼓舞。而我们运动的召唤又会使我有力量来生活、斗争，以至于胜利。

二

当我换上那套讨厌的条纹布囚衣的时候我感到很大的屈辱。看守仔细地检查我的赤裸的身体，他那傲慢的眼光激起了我的强烈的憎厌。然而不久检查就算完毕了。

这里的日常生活里充满着说不出的苦痛。我虽是已经习惯了监狱的情形，然而我却觉得习艺惩戒所里的生存是一个残酷的梦魔，而且比惩役所的最不人道的情形还坏得多。看守是凶暴而残酷，饮食是龌龊而不合卫生，为了一点小小的事情马上就会受残酷的处罚。监房比惩役所里的还小，里面也没有桌椅。房间里充满着说不出的便桶的臭气。大便的时候，连一片废纸也不给用。每天早晨大家在厅子里排好队走过一根水管旁边，每个人从那一股流动的水里接了一把来胡乱洗一下，一天就只有这一次。不管监房部也好，工场也好，都是绝对静寂的。谁只要把嘴唇轻轻动一下，就会挨皮鞭，或者被关进地牢去，在这里，地牢被人故意挖苦地称为“白宫”。……

三

眼前的一切使我渐渐忘掉了惩役所的环境，然而关于那边的朋友们和一般的痛苦的回忆却依旧时时来到我的心头。从惩役所那边传来的消息总是被惨痛的眼泪湿透了的，只有那个匈牙利青年法尼的调子是快活的。他的刑期快满了，他以后要尽心抚养他从前无意地杀死的那人的孩子。同时他希望我保持着勇气，而且不要灰心，他把他做编物工作所得的钱寄了两块来给我用。他又说，他很忧愁不能够给我送别，因为那两百名犯人签名要求所长答应我走过每排监房和犯人告别的事情，完全被驳斥了。然而不久，不久我们可以在外面相见。

友情的话语在现实的黑暗里光辉地照耀着，并且给我美化了最近的将来的幻景。即来的自由放射着暖热的光线，我生活在同志们的圈子中间。爱玛和马丁被青年俄罗斯的烈火燃烧着。我的心忙着构想那个大斗争的景象，这使我重回到我的青年时代里了。在纽约的小小住家里我们大胆地描绘了世界的运命——我们，爱玛、费加和我三个。在那黑暗的鸟笼一般的厨房里，在那喘气的火炉的黑烟中我们计划着故国的革命工作。然而时势的需要在另一方面发展了。和姆司德奏起了觉醒的前奏曲，我的心对这鼓舞的调子发出了响应。

灰堆里埋着的热望的火种燃烧起来了。我们故乡的革命目前有什么样的结果，且不去管！我的青年时代的渴望带着自发的力量涌了起来。生活就是斗争！站在人民的身边去和沙皇斗争，跟着人民一道受苦，倘使必要的话还跟他们一道去死。那就是生活。然而一想到不把马丁的忠诚的面孔仔细看一下就要和他分别，这使我很忧郁。不过爱玛是非常关心我们的故国的，我们在一起工作，一定很快活。莫嫩加赫拉的土壤载了我多年来的苦痛，对于我变得很亲密的了。离别的思想像一根断弦的哀鸣那样地呻吟着。但是决没有什么情爱的带子能够系住我的心弦。然而一个小姑娘的可爱的脸庞突然在我的幻想中现了出来，那一对渴慕的大眼睛里带着责备的悲哀的表情。这是小小的斯特娜。我的惩役所生活的最后几年从她的可爱的通信里得到了不少的温柔。我常常在她那精神饱满的面孔的美丽的照像上寻求过安慰。她带着静默的温柔分担了我对于哈利去世的悲哀，她的嘴唇散布着柔和的芳香。阴郁的日子因她的微笑就变得温暖了，我把我所有的全量的爱献给了她。要压抑我心里的她的呼唤，这不是容易的事情，但是我们故国的农民的呼声却是更响亮，更有力。然而谁知道呢？也许不等我出狱，革命就会完结了……

一想到爱情，想到女性的爱就使我因热狂而战抖起来，并且给我的生存带来了一种奇异的幸福。然而孤寂的时间里又使我充满了不断的恐惧，我只怕我一生就再得不着女性的爱情。当我对于异性的渴望不断地增加的时候，这种恐惧更时时拿了极端的失望包围着我。对于女人的思念超过了监狱里的友情的回忆，而现实的黑暗又被爱的希望的银针穿上了。

日常生活的单调，还有屈辱和服从，这些在即来的自由的面前却变得更难堪了。工场里的烦重工作使我的精力渐渐减弱下来，但是那个可以得到完全减刑的希望支持着我。根据法律，长期徒刑犯如果品行好，从第九年起每年可以有五个月的减刑期。然而这里的监督却对我表示，因为我是一个“新”犯人，在习艺惩戒所还是第一年，所以只能有两个月的减刑期。他常常侮辱我说，董事会也一定采取这种见解。他的这种待遇很使我激怒，同时我对于他们虐待某一个犯人的行为又表示抗议，这结果就是我被关进了独房。马丁还在外面热心不倦地进行法律手续来获得我的完全的减刑。不管我无条件地拒绝向法庭请求，他依旧发起一个秘密的运动来达到他的目的。在那折磨人的不安定里时间真难捱过。独房一天天地变得更闷人，更容易叫人发狂，到后来我的脑筋就被那种对于坟场的静寂的恐怖弄得摇晃不定了。“运动”！这个严厉的命令像欢乐的音乐一般地响了起来。

我们在天井里转圈子地走着，查利的脚镣声呻吟似地给我们敲着拍子。他有一次逃狱没有成功，却因此挨了一枪，并且带了脚镣。铁器深深陷进了他的踝骨，他拖着这重量走起路来很痛苦，很吃力。比利在我的前面摇晃地走着，他自从在“白宫”里面住过以后左腰就完全瘫了。我周围全是些废人。我是在社会的垃圾堆中间。跛子、瘸子、身心两方面都破碎了的人，不但不能够作工，连犯罪也不能够。他们是基督所祝福的人，却又是这个基督教的世界所折磨摧残了的人。他们也是在我的使命的范围里面，他们比别人还重要——他们是对于这一个麻疯病的制度的活的控告，他们是被上帝和人类所赶出去了的生物。

自由的门限上满堆着灾祸和苦恼。白天，那兴奋的不安叫人难受；夜晚，那苦闷的静寂的时间，那永无终结的，永无终结的时间又使人恐怖。我激动地在监房里踱着。白天会过去的，它一定会过去。当那羞红了脸的太阳沉落下西边天空的时候，我简直带了崇敬的感情给它祝福。我离那可宝贵的自由又更近一天了，那自由带了无限制的阳光、空气和狱墙外面的生活，光天化日下面的生活等待着我。自由的世界！……新割的草秣的香味进了我的鼻孔，绿的田畴和树林在我的眼前展开，山间的小溪淙淙地流动着。我攀登上了山峰，去接受着微风和阳光，又让狂风暴雨吹打着我的光头。我欢迎风和雨，让它们扫去我心中的牢狱的尘垢，把生命和力量吹进我的身心！一想到自由就叫我欢喜得发颤。我要离开这恶臭的食人的世界，走进树林的深处，我要飘游，永不再离开那新绿的土地。我要把我的干燥的嘴唇去接触自然的气息，我要在她的胸膛上度过我的光阴，我要从这万有的母亲那里吸取养料和精力。在那里，在自由独立的环境中我要对着山峰喊出那些社会的孤儿的号叫，那些被活埋的、被掠夺的人的号叫，并且把那渴望的、威吓的“痛苦的面容”描绘给活着的人看。

附录

一九〇六年五月十八日——沙夏出狱的日子。

我这天上午一早就去到底特律，我脑里还想象着沙夏焦躁地在监房里踱着等待最后的释放的情景。我在车站上见着卡尔。他告诉我他筹备好了欢迎沙夏的仪式，并且还要开一个会。我精神恍惚地听他说话，却不断地望着站上的挂钟，等着它过完沙夏在牢里的最后一分钟。正午时分匹兹堡的朋友来了一个电报："出狱，来底特律。"卡尔抓着电报狂喜地挥舞着，大声叫道："他出狱了！出狱了！"我不能够分享他的快乐；我被疑惑包围着。我想是不是只要晚上一到我就会亲眼看见我的沙夏！

我兴奋地靠在车站里一根柱子上。卡尔和他的女朋友在我旁边谈话。他们的声音渐渐去远了，他们的身子也模糊起来，渐渐消失了。过去突然从我的心底升了上来。这是一八九二年七月十日，我看见我自己在纽约，巴的摩尔·俄亥俄车站上，我站在一辆启动的火车的踏板上面，和沙夏拥抱着。火车渐渐开快了，我跳下来拚命追上去，双手向前伸着，疯狂地大声叫："沙夏！沙夏！"

有人在拉我的衣袖，一些声音在叫"爱玛！爱玛！火车进站了。快——到门口去！"卡尔和他的女友先跑去了，我恨不得马上就跑过去，然而我的两腿却麻木起来。我便留在那里，两只脚好像黏在地上似的，我紧紧靠着那根柱子，我的心跳得很厉害。

朋友们回来了，他们中间有一个陌生的人，走起路来一摇一晃的。"沙夏来了！"卡尔叫道。那个样子古怪的人——便是沙夏，我倒有点不相信。他的脸色白得和死人的一样，眼睛上架了一副又大又笨的眼镜。他戴了一顶又深又大的帽子，把他的头都盖住了——他的样子很悲惨，很孤独。我觉得他的眼光定在我的脸上，我看见他向我伸出了手来。我被恐怖和怜悯抓住了，一种不可抗拒的欲望压倒了我，我只想把他紧紧抱着。我把我带来的玫瑰花放在他的手里，一把抱住他，把我的嘴唇紧紧压在他的嘴唇上面。爱情和渴慕的话语在我的脑际燃烧着，一句也没说出来。我挽着他的膀子默默地走着。

我们进了饭馆，卡尔要了酒菜来。我们喝酒庆祝沙夏。他戴了那大帽子坐着，不说一句话，眼里露着苦闷的样子。他偶尔微笑一两次，却又是苦痛的、愁闷的强为欢笑。我给他揭下了帽子，他困恼地畏缩起来，偷偷地把四周看了一下，然后把帽子再戴上头去。他的头给剃光了，泪珠在我的眼里涌了出来。他们在那许多年的残酷上面又加上了这一个最后的侮辱。他们故意剃光了他的头，给他穿上很难看的衣服使他在外面给人注意，觉得很难堪。我极力抑制了我的眼泪，装出一个快活的声音，一面握着他的没有血色的手。

后来沙夏和我两人终于安静地坐在卡尔家中那间客房里面了。我们互相望着，就像被留在黑暗里的一对小孩。我们坐得很近，我们的手互相握着，我谈着一些不要紧的事情，不能够把我心里满溢着的东西倾吐出来。我的力量完全竭尽了，我疲倦地拖着身子走到床前，沙夏畏缩着，他就躺在睡椅上面。房里很黑，只有沙夏的烟头的火光间或穿进黑暗。我觉得又闷又冷。后来我听见沙夏摸索的声音，他走近了，用他的战抖着的手来摸我的身子。

我们躺在床上，身子紧紧偎着，然而两个人的思想却离得很远，我们的心在夜的静寂里跳得很厉害。他想说什么话，但又止住了，他的呼吸很困难，后来他就忍不住猛烈地抽泣起来，再也不能够止住。我让他静静地躺着，希望他的被折磨的精神在那把他整个身心摇荡着的风暴里会宁静下来。他渐渐地变得安静了，他说他想出去走一趟，墙壁要把他压碎了。我听见他关了门，我孤零零地沉在悲哀里。我带着一种可怕的确信，明白那解放沙夏的斗争才不过开了一个头罢了。

爱玛·高德曼

译后记

柏克曼还是一个勇敢的活人。六年前我曾到过巴黎郊外 St. Cloud 他的寓所，拜访过他。他给我写信时用的那柏林办事处的信纸上鲜明地印着“没有神，没有主人”的字样。这个人已经过了六十岁，他还常常说“到死都是年轻”的话。那么他到死也会相信神是不存在的吧。这是无疑的。这又是怎样的一个人呵！这样想着，那个身材短小结实的、秃头的柏克曼的坚定的风姿就在我的眼前出现了。十四年的监狱生活都不能改变他的信仰，却反而使他写出叫远在英国的老加本特也惊叹赞扬的“人类心灵之记录”了。神不存在的事实成了那全书的要旨，而且那生活的事实就是有一次当他的生命在美国濒于危险的时候连远在克龙士达特的水手也举起了援救的旗帜。这样他已经显示着比神还更伟大的存在了。

这是我的小说《神》里面的一段话。所说的“人类心灵之记录”便是他的《狱中记》。我在这里译出的只有原书的三分之一。我几年前就发了宏愿，想把这书完全译出来，然而到了现在开始来翻译这书，却又因了种种的原因，不得不采取“节译”的办法。广告上说这是精选的节译本，但广告上的话不见得可靠，这节译只是不得已的，并非精选的，虽然我也不是胡乱地节译几篇就算了事。

全书共含四个部分。第一篇有七章，完全译出了，不过每章里略有删节。第二篇四十八章，我只译了十四章。第三篇一章是全译的。第四篇只有一章《复活》，却全删了。附录是从爱玛·高德曼的自传 *Living My Life* 里译出来的。

关于柏克曼的生平，虽然可说的话很多。但我也不想再说什么，不过关于他写这书时的情形，我想让读者知道一点，那么我就借用高德曼的话吧：

我和沙夏便到那小小的田庄上去住。我们爱那地方的美丽和安静。他在一匹最高的小山上面搭了帐幕，从那里可以望见赫贞江的壮丽的全景。我忙着料理家事。这时沙夏便开始写他的书。

自从沙夏一八九二年去到匹兹堡以后，我的住处不知被警察搜查了多少次，然而我却设法把沙夏在牢里秘密出版的《牢狱的花》保存了几本。诺尔德、包尔和其他的朋友们也留得有几份。这刊物对沙夏很有帮助，然而和他在那“活葬墓”里面所身经的一切的记忆比起来，它们简直算不得什么了。他所知道的一切的恐怖，肉体和心灵两方面的痛楚，他的同囚的犯人的受苦，他现在不得不把这一切从他的深心挖出，使它们再活起来。于是十四年来的鬼影又不分昼夜地萦绕他的心灵了。

每天他不是坐在书桌前面眼睁睁地呆望着空虚，就是狂热地动着笔仿佛被什么冤鬼驱使着一般。他时时想把他写好的东西毁掉，我须得和他挣扎许久才能够把稿子保存下来，这就像我奋斗了那许多年把他从坟墓里救出来一样。过后又有一些时候他会逃进树林里面去。怕和人间接触，他躲开我，而且特别躲开他自己和那些在他的笔下活起来的鬼魂。我不知费了若干的苦心才找到适当的方法和适当的话语来抚慰他的被迫害的灵魂。我每天毅然地进行着这种苦斗，并不单是因为我爱沙夏；而且也因为我只从他的著作的第一章里面就看出来他是在生产一部伟大的作品了。要帮助这婴儿活起来，在我这方面任何代价都不算太高。

我现在介绍给读者的就是这样的一个人在这样的环境下面写出来的这样的一本书。

巴金

一九三五年九月一日

图书在版编目（CIP）数据

狱中记 /（美）柏克曼著；巴金译 . -- 杭州：浙江文艺出版社，2019.1

ISBN 978-7-5339-5486-4

Ⅰ . ①狱… Ⅱ . ①柏… ②巴… Ⅲ . ①回忆录—美国—现代 Ⅳ . ① I712.55

中国版本图书馆 CIP 数据核字（2018）第 263597 号

统　　筹：曹元勇

特约策划：巴金故居　草鹭文化

责任编辑：王　青

特约编辑：李云白

封面设计：周伟伟

责任印制：吴春娟

狱中记

[美] 柏克曼　著

巴　金　译

出版：浙江文艺出版社

地址：杭州市体育场路 347 号　邮编：310006

网址：www.zjwycbs.cn

经销：浙江省新华书店集团有限公司

印刷：上海中华商务联合印刷有限公司

开本：787 毫米 ×1092 毫米　1/32

字数：125 千字

印张：9.25

插页：7

版次：2019 年 1 月第 1 版　2019 年 1 月第 1 次印刷

书号：ISBN 978-7-5339-5486-4

定价：48.00 元